苏东坡

SU DONGPO

范 伟 著

敦煌文艺出版社

图书在版编目（ＣＩＰ）数据

苏东坡／范伟著．——兰州：敦煌文艺出版社，2018.11（2023.1重印）
ISBN 978-7-5468-1641-8

Ⅰ．①苏… Ⅱ．①范… Ⅲ．①话剧剧本－作品集－中国－当代 Ⅳ．①I234

中国版本图书馆 CIP 数据核字（2018）第 250701 号

苏东坡

范伟 著

责任编辑：赵　静
装帧设计：李　娟　禾泽木

敦煌文艺出版社出版、发行
地址：（730030）兰州市城关区读者大道568号
邮箱：dunhuangwenyi1958@163.com
0931-2131373　2131397（编辑部）　0931-2131387（发行部）

三河市嵩川印刷有限公司印刷
开本 787 毫米 ×1092 毫米　1/32　印张 7.75　插页 1　字数 161 千
2019 年 8 月第 1 版　2023 年 1 月第 2 次印刷
印数：3 001 ~ 6 000

ISBN 978-7-5468-1641-8

定价：38.00 元

如发现印装质量问题，影响阅读，请与出版社联系调换。
本书所有内容经作者同意授权，并许可使用。
未经同意，不得以任何形式复制转载。

Contents
目 录

001
绑 票

061
圆明园

139
苏东坡

【四幕话剧】

绑 票
Kidnapping

范 伟

第一幕

【黑场。脚步声、撞门声、女人的尖叫声、杯盘碎裂声突然响起,一个略显苍老的南方口音:"你们要做什么?"一个人低吼:"都不许动!年纪大的那个!"另一个声音:"快走!"之后是脚步声和汽车发动、开出的声音。一个声音:"不要喊,否则我就开枪了!"南方口音:"是你们一直在喊。我是不会喊的。"随即,汽车急速开动的声音渐渐远去。

【一个惊恐的女声:"绑票啦!老爷子被人绑走啦!"随后,一阵沉寂。静场。

【灯光渐渐亮起来。

【这是一座建在山坡上的房子。幕启时,张先生坐在桌子旁边的一张太师椅上。另一张太师椅空着。张先生六十来岁,头发已半秃,眼睛上蒙着黑布。张先生谦和儒雅,一副典型的老派知识分子模样。

【房间的壁龛里供着财神。桌子上放着一台手摇留声机。

【老大手持一把折扇上。他三十来岁,看上去狡黠、神经质,一条腿微瘸。老大走到张先生身边,弯下腰,把折扇放在胸前,屏气敛息地仔细端详着张先生。老大突然忍不住咳嗽起来。

张先生(坐直了身体):你是谁?

老大:把眼罩摘下来吧,财神爷。

张先生:财神爷?这么一顶又大又高的帽子,我可顶不动。

【张先生把眼罩摘下来,缓缓地看看周围,努力适应着光线。定睛看着老大。

老大:张老先生,您受惊了。

张先生(凑近了看老大):刚才那些人里面没有你。

老大(咳嗽):我本来是要亲自到府上去的。可惜我最近腿脚不怎么利索,还有点咳嗽。

张先生(压低声音,显得有点好奇,有点天真):我被你们绑票了,对不对?

老大:不要着急,张老先生,咱们可以慢慢聊。

张先生:你这位先生讲话很有礼貌,请问贵姓?

老大：手下人都叫我老大。（环顾着周围）这个地方还不错吧？空气新鲜，窗外有桂花，有松竹，很适合您这样的人参禅悟道。

张先生（像是揭穿了一个谜底）：小伙子，你们搞错了，我并不是你们要找的有钱人。

老大：这事儿您说了不算。我们对您多少有一点了解。您是全国最大的出版公司创始人、总经理……

张先生（纠正）：前总经理，我去年已经退休啦。

老大：好吧，前总经理——全国最大的出版公司——前总经理，您说您没有钱，天底下没有人会相信。

张先生（好脾气地拉着长声）：看来你们是只知其一，不知其二。我确实经手过一些钱，不过那些钱不是我个人的，是董事局和全体员工的，我只是股东之一。

老大：我不懂什么董事局不董事局。您前些日子光嫁闺女就花了30万大洋。

张先生：简直是说笑话。我自己嫁闺女，花的钱数我清楚。

老大（摇摇折扇）：对您，我们是做过调查的。我不跟您绕弯子，一口价，就是您嫁闺女的数目，30万大洋。不过分吧？

张先生：你们调查得不准确。就算我真有钱，你们也不该是这么个取法儿。

老大：君子爱财，取之有道，对不对？

张先生（像是突然遇到了"知音"，认真地）：对，对，对，你说得很对。这是《论语》里一个很核心的意思，子曰：富与贵，是人之所欲也，不以其道得之，不处也；贫与贱，是人之所恶也，不以其道得之，不去也。

老大：您这么一解释，我反而不明白了。

张先生（有点急切）：我再稍微讲一下你就明白了。金钱和地位，是人人都向往的，如果不是由正道得来，一个君子……

老大（打断张先生）：这些道理，您还是讲给阔人们听吧。

张先生：这些道理，人人都应该知道……

老大（摆摆手）：好了，老爷子，咱们不聊这个。

【老大走到桌边，把桌子上的一束桂花插在水瓶里，然后在空着的太师椅上坐下来。

老大：不管怎么说，您的到来，令寒舍蓬荜生辉。也许您一开始不大习惯。不出三天，保证您就习惯了。您听清楚了，三天是一个期限！

张先生：我拿不出你说的那个数目。这位先生，不要再浪费时间了，请你马上送我走。

老大（好笑地）：送你走？

张先生（讲道理地）：是啊是啊，我还有一些要紧事要做。刚才你的朋友们到我家的时候，我有一个字只写了一半，还没有来得及写完，毛笔和砚台就被他们搞到地上去了，真是一些毛手毛脚的年轻人。

老大（像打量怪物似的打量着张先生）：我能理解。我要是正在干一件事，突然被人打扰了，也会不高兴。——您说的要紧事是什么？

张先生（耐心地）：我正在校勘一套书。我今年六十一岁了，这个工作要做到七十岁才能完成，我还不知道自己能不能活到那个时候，所以，很着急。

老大：您恐怕高估自己的工作了。我没有读过您的任何一本书，还不是活得好好的？（咳嗽了两声）还不是该咳嗽就咳嗽？

张先生（关切地）：不要小看咳嗽，咳嗽不是一件小事情。你咳嗽多久了？

老大：我咳嗽……咳，老爷子，您最好别跟我逗咳嗽。

张先生：我不明白你的意思……年轻人，不管你是谁，你们把我搞到这里来，是一个误会，至于是谁的责任，我们就不去细说它了。麻烦你们再辛苦一趟，送我走，送我回家。

老大：张老先生，您不要揣着明白装糊涂。我可不吃这一套！

【张先生站起身来。

老大:您想干什么?

张先生:你们不送我走,我自己走。

老大:您以为您走得出去?

张先生:你们要是不放我走,我可就要喊人了!

老大:嘿,有意思。喊,喊,去喊呀!您现在就是跑到山坡上可着嗓子喊:来人哪!我被绑了,救命啊!听到的人准保比您跑得还快。

张先生:那是一定的。我跑不过你们年轻人。(重新坐下来)我已经很久不跑步了。如今我只是散散步,有的时候,还要拄上拐杖。——你们当真是要绑我,没有搞错?

老大:在这之前,我们给您写过信,打过招呼,可您不理我们呀。我们也不愿意动粗,谁不愿意平平安安拿钱呢?实话跟您说,你们家有几颗钉子,我们都知道。

张先生:钉子倒是有一些。(叹了口气)这一年来,我每个月都会收到一两封敲诈勒索的信件,真是不胜其扰。我要是回回都当真,日子就没办法过了。——哼,光天化日之下绑人,这个世界还成什么样子!

老大:您说的一点不错。我对这个世界也不怎么满意。

张先生(生气地):为了钱财,绑架无辜,你……你们不觉得羞耻吗?

老大:羞耻?不,一点也不。我有我的职业自尊。我说老爷子,您不妨把这当作一次休假,这么着您就放松下来了。一个人要是把自个儿的工作看得太重要,很容易精神紧张,很容易动气。

张先生:听你的谈吐,你不是一个没有见识的人,你为什么要做这一行?

老大:您问到我的痛处了。这是一个短命的职业。可是有什么办法呢?眼下,新旧军阀打成了一锅粥,都忙着争权、分赃,有钱有势的土豪们都忙着搜刮地皮,像我这种没出息的,只能凑合从富人们身上讨一口饭吃,免得饿死。俗话说得好:出名须趁早,绑票得趁乱。

张先生:你这个说法可真新鲜!

老大(围着张先生转了一圈,发现张先生的衣服袖子上有个破洞):这窟窿是为了装穷故意留的吧?啧啧,您可真能装!

张先生(沉默了一会儿):年轻人,听我一句劝,人生在世,不可以过分看重钱财……过度积攒钱财不是一件好事,甚至可以说,是一桩罪恶。

老大(笑):这种罪恶,对我来说,多多益善。张老先生,我听说,您经常给慈善机构捐款。您是个慈善家？

张先生：我确实捐过一点钱，慈善家可不敢当。

老大：您捐的钱可从来没有到过我们手里。慈善要落到实处才算慈善。不瞒您说，我最讨厌假慈悲那一套。

张先生：那些钱不会到个人手里，政府拿去修路、赈灾，或者……

老大（打断张先生）：得了，谁都知道那是怎么回事。（讽刺地）中央发一石，省里扣八斗，县、乡打六折，镇长、村长一点不给留！

张先生：哦？竟有这样的事？

老大：别装得那么天真。可天下全都是这种事！

张先生：那是贪官污吏们干的。

【老大合上折扇，站起身来。

老大：我这个人，总是看到真金白银才安心。张老先生，我给您交代一下，您只要在规定时间内，把规定的钱数交齐，您就可以回家继续干您的要紧事了。

张先生：你这么做，对我不公平。我不认识你，也没有做过伤害你的事。我的钱都是交过各种税的，是干净钱。

老大：我做的也是干净买卖。您在我这儿受委屈了吗？没有。我还给您准备了一张软软乎乎的床，桌子上有花,茶壶里有茶,要是闷得慌,您还可以听听音乐。这是一桩文明的绑架案。有些人,要是钱挣得不干净,我会用另外的方式对待他。您听!

【外面突然传来一阵惨叫声。

老大:我的弟兄们刚刚剪掉一个房地产大亨的耳朵,咔嚓!

张先生(惊跳起来):你们怎么可以这样,怎么可以动用私刑!

老大:要是不见点儿血,哪个王八蛋肯痛痛快快交钱?绑架案还能叫绑架案吗?

张先生:简直不可理喻,你们这是在作孽!

老大:谁说不是呢。现在您明白了,我们都是一些讨人嫌的坏东西。平时,走在大街上,您是不会正眼看我们这号人的。我们是穷鬼,泥腿子,下流胚,跟您不是同一类人。

张先生:你错了。我有我的平等观,我自己也是小老百姓,我不觉得做一个安分守己的百姓有什么不好!

老大:世界上压根儿就没有平等这回事。老爷子,咱们还是谈实质问题吧,您是个大商人,不会为了钱不要命的,对不对?

张先生:荒唐!

老大(讽刺地):嘿……你他妈的以为你是谁?!(停

顿)告诉你,到了我这儿,你就是一张——肉——票!

张先生:肉票?

老大:对了,肉票!(语速快起来)现在,我来给您讲讲我们这行的规矩!对于肯合作的"肉票",我们是绅士;对于那些不合作的,我们就是刽子手!要是一切顺当,什么都好说,要是不顺当,我们就"剪票",剁他的手,挖他的眼,给他放血!要是"剪票"还无效,我们就"撕票"!"撕票"懂吧?(做杀头动作)撕票是绑架案的一部分,也是行业规矩。我是个规矩人,一向按规矩办事!

张先生(愤怒地):你这是强盗的规矩,强盗的逻辑。简直是荒唐透顶!

老大(口气缓和下来):好,好,您终于生起气来了,这才对头,这才是一个人的正常反应。

张先生:我本来是不生气的,可你们做的事实在是……令人发指!

老大(来回踱步):人活着,重要的是要有远见。我遇到过一个绝顶聪明的人。人家在平常日子,早早给自己准备了一笔赎金,被绑之后,立马给家人写信,告诉他们那笔钱搁在哪儿。交出钱之后,就万事大吉了。我认为这是一个非常识时务、非常有远见的聪明人。

张先生:听你的意思,好像绑架成了一桩再正当不过的事。你想过没有？你们这么做,对你们所谓的"肉票"和他的家人来说是一场灾难,一场悲剧!

老大:唔,您说的对极了,我们就是吃悲剧饭的。人人都得有口饭吃,对不对?这年头,你有一亩地,就值得绑。你的名字上不了"绑单",不是一件体面事,说明你还不够成功。

张先生:对我来说,上了"绑单",才是不体面的事。

老大:好了,老爷子,很遗憾,把您带到这儿来。后天就是中秋节了,中秋节是团圆节,饭桌上要是没有您,你们全家都会难过的。(指了指桌子上的纸笔)呶,摇摇笔杆儿,给家里写封信,这个您拿手。(伸出三根手指头)记住喽,三十万大洋!

【张先生思谋了一阵,摇了摇头,又摇了摇头。张先生拿起纸笔,开始写信。

【老大摇了一下桌子上的唱片机,唱片机里传出《贵妃醉酒》的唱段:"海岛冰轮初转腾,见玉兔,玉兔又早东升……"间或有受刑人的惨叫声不断传来。

【老大摇着折扇,跟着留声机里的唱段,做"贵妃"的各种动作,既认真,又滑稽。

【张先生写完信,收起笔,把信递给老大。

老大(收起身段,接信):这多好,您就只当是又嫁了一回闺女。(磕磕绊绊地用"民国腔"念信):

以我的资格,竟成"票友",实在令人惊异。票价三十万,也远出意料之外。我既被道上朋友相中,结果如何,只能听天由命。我在此间待遇尚好,你们无须惊慌。临纸感慨,口占一绝:

老来无端充票友,世事如棋信多难。

人言此是绿林客,我当饥民一例看。

老大:人言此是绿林客,我当饥民一例看。说得好,说得妙!我们的确是饥民,不折不扣的饥民!老爷子,祝您做个好梦!

张先生:承你的好意,我尽量。

【老大突然走到张老先生身边。

张先生:你要干什么?

【老大撞了张先生一下,变戏法似的把张先生的手表摘了下来。

张先生:你,你……

老大(把表举到耳朵边听了听):好表,走得真稳当!我要把它给您家人看看,好让他们相信您在我手里。下回我要给他们看的,就该是您的一根手指头、一个眼珠子了,最好别有下回!

【老大转身摇了一下留声机。

老大(讽刺地):还作上诗了!这年头,你要是个穷光蛋,你要是够胆儿,你也一定会跑到山上来,不是作诗,是绑人!

【留声机里的歌声大起来:"……闻奴的声音落花荫,这景色撩人欲醉,不觉来到百花亭……"

老大:人言此是绿林客,我当饥民一例看。(仰脸大笑)哈哈,真是好诗! 好诗!

【老大抱起留声机,一瘸一拐,缓步下场。

【张先生茫然地站在舞台中央。灯光渐渐转暗。"咔嗒"一声,门从外面锁上了。

【黑场。

张先生:如今这世界,竟然成了绑匪的天下!

——幕落

第二幕

【幕启时,张先生盘腿端坐在床上,闭着眼睛。老大手里拿着一卷报纸,斜挎着一支手枪,手里提着一把斧头,上。老大大声咳嗽了一声,张先生睁开眼睛。

老大:张老先生,昨晚睡得怎么样?
张先生:托你的福,睡得很好。
【张先生走到舞台中央。
老大:您刚才在干什么?
张先生:念经。
老大:什么经?
张先生:般若波罗蜜多心经。
老大:菠萝蜜?您爱吃甜的?
张先生:不是吃的。

老大：那是什么？

张先生：也可以说是吃的。

老大：跟您开个玩笑。《心经》我懂一点。"观自在菩萨行深般若波罗蜜多时，照见五蕴皆空，度一切苦厄"。对不对？

张先生：不错。

老大（故作认真地）：您念过《般若波罗蜜多官经》没有？

张先生：《般若波罗蜜多官经》？闻所未闻。

老大：小的班门弄斧，念给您听：

始作俑皇帝行深般若波罗蜜多时，照见五官皆匪，度一切迷津。众爱卿，官不异匪，匪不异官，官即是匪，匪即是官，兵痞商学亦复如是。

张先生：你这段话很特别，很有点意思。

老大（把斧头拍在桌子上，提高了声音）：老爷子，您家里人不肯出我说的那个数目。您有什么高见？

张先生：他们没有这笔钱，自然拿不出来，拿得出来，反倒奇怪了。

老大：您说，现在我该怎么办？

张先生（指着桌子上的斧头）：按你们的规矩办。

剁掉我的一根手指头,或者挖掉我的一只眼球,寄到我家里去。

老大(笑):哈哈哈,真是个可敬可爱的老先生。谈判正在进行,我在这儿和您一起等消息。

张先生:你们这只是在浪费时间。

老大:我的时间就是用来浪费的。很抱歉,老爷子,我烦着您了。像我这样的人,原本不配跟您说话。您只是碍于情势,不得不跟我说话,是不是?

张先生:不,我很喜欢谈天,我很愿意跟有意思的人谈些有意思的事。

老大:您干脆直接说,不喜欢跟我这样的俗人聊天就得了,我能理解。——您平时起床后都干点啥?念经?

张先生:不。平时,我起床以后,喝茶,吃点心,趁眼睛好使,校勘几行古书。

老大:听上去真不赖。什么是校勘?

张先生:简单说呢,就是把书里的错处找出来,改正,免得以讹传讹,有点像……捉虫子。

老大:书本上也有错吗?

张先生:有,有很多错。

老大:早些年,家里还有地的时候,这个时辰,我该下地干活了。(摇头)有些人根本不用种地,就能挣钱,就能吃上饭,我真是不明白。

张先生：读书人干的活，像耕田一样重要。打比方说，要是没有各种发明，比如电灯、电话、汽车、铁路，人们的生活不会像现在这么便利。

老大：您说的这些东西，我一样也没有。我现在连家都没了。我们家的地，被房地产老板征去盖游乐场了。那时候，我还是个小孩子。他们开着汽车，带着枪来到我家，对我爹说："老东西，限你们三天，赶紧从这儿滚蛋。"我爹有名字，他们管叫他"老东西"。我爹有脚，他们让他"滚蛋"。后来，他们就在我们家的祖宅上盖起了游乐场。有钱人都喜欢去游乐场。您喜欢吗？

张先生：我没有那么多闲工夫。我宁愿在书里捉虫子。

【老大掏出腰里的手枪，蹲在地上，开始擦枪。

老大：我爹是一个胆小怕事的顺民。老宅子被强占的当天晚上，他就咽气了。我靠读野书认识了几个字，勉强看得懂报纸。这世界上的事，钱说了算，枪说了算。您说，是不是这个理儿？

张先生：你的话有一些道理。没有谁生下来就是强盗。

老大：嘿，您这么说，好像做强盗有什么不对头。我可不这么想。我喜欢干这一行。我喜欢看人家向我求饶。（站起身，把枪重新别在腰里，拿起报纸，走到张先生身边,拍着报纸)这上面全是绑架案。昨天一天,发生了三起,一个是多宝银行的总经理,一个是杭州首富,另外一个就是您。今天,又不知道谁会中彩。

张先生:哼,你们居然把这叫作中彩!

老大:是啊,中彩。绑架是一桩好买卖。这件事,富人不喜欢,穷人却像看戏一样,喜欢得不得了。老实说,您要是一个富人,就得开得起玩笑,乐意提供点倒霉事儿,让穷哥们儿笑一笑。

张先生:到处是绑架案,警察都干什么去了?

老大:警察?哈,警察是我们的好兄弟。要是没有几个警察朋友,这买卖还怎么做?(突然怪笑起来)您瞧,您瞧这段儿,他们是这么对付杭州首富的。(一边念,一边对着张先生模拟现场动作)他们对着他的肚子上打了一拳,他一猫腰,他们就把他……(凑近张先生)这个字念什么?

张先生:塞。

老大:他们就把他塞进汽车。在外人看来,就像是他自己钻进了汽车。这目击者就是个警察。哈哈,哈哈哈!

张先生(讽刺地):观察得真细致,真是个好样儿的警察。

老大(好不容易止住笑):这些家伙和我一样,都挺会挑时候。明天就是八月节,一个诗人的节日。在这么个日子口儿,请一些有头有脸的大人物作客,正好应景。我们这行里也不缺诗人,您说是不是?

张先生:这只是你的看法。

【张先生说着话,背着手走向舞台另一端。

老大(看着张先生的背影,突然把报纸往桌子上一拍,大声地):嘿,站住!把手放下!

【张先生没有理睬,自顾自向前走。

老大(失控地):他妈的站住,把手给老子放下!

张先生(停住脚步,平静地):你到底要干什么?

老大(暴怒,拔出枪,指着张先生):快把手给我放下!你这么背着手走路不吉利!我他妈的可不想让人把两只手捆住!

张先生:这么说,你也知道害怕?

老大(歇斯底里地):快把手给老子放下!放下!

【老大用枪口对着张先生,张先生背着手,站立不动。

老大:快,快他妈的把手给我放下!

【张先生缓缓地走回去,在太师椅上坐下。

老大:气死我了!真要气死我了!(站住不动,像是突然听到了什么,表情十分痛苦)这是什么声音?哎呀他妈的!我又听到那个声音了。是老鼠!是一只疯老鼠在吱吱叫!

张先生：什么声音也没有。你这是神经过敏，是幻听。

老大（捂着脑袋转圈）：他妈的！又来了！我身体里永远有一只疯老鼠在叫，吱吱叫个不停！我总是听到这个该死的声音！

张先生：你平静一点，平静下来就好了。

老大：住嘴！老家伙！我他妈的平静不下来！

张先生：年轻人，请注意你的言辞。你这么说话，可不大好听。

老大（一手掐着头，一手持枪指着张先生）：我顶看不上你们这种人。你们坐在那儿，什么也不干，摇摇笔杆、扯扯淡，打打麻将、碰碰杯就把钱挣了！我明白告诉你，明天要是再拿不到钱，你就得死！我这也是为民除害！读书人跟当官的一样，你们都他妈的是一路货！捉虫子？我看该捉的是你们，你们都是害人虫！

张先生：年轻人，你可以杀我，可以"剪票"，可以"撕票"，但你不能侮辱我。

老大：侮辱？我一直对你以礼相待！你们这号有钱人，都是他妈的软骨头，平时目中无人，不可一世，一旦来到我的地盘，腿肚子比谁都软！我看够了你们这号人！（捂住脑袋转圈）别叫了，别叫了，他妈的别叫了！

张先生：我劝你还是平静一点，这么激动对身体没有好处。

老大（狂乱地）：我不需要什么好处！这只该死的老鼠，打从娘胎里就跟上了我，死也不肯离开我这个脏窝、穷窝！（伸出双手）看看这双手！这是一个流浪汉的手！我从小就是个穷光蛋，我从来没有洗过澡，我从小就为自己的脏手脏脸脏指甲脸红！我们全家拼死拼活干一年，连个指甲刀都买不起！我的指甲永远不干净！

张先生：每个人都受到过不公正的对待。我比你早几十年来到这个不公正的世界上。你不能因为遭受了不公正，就用另外的不公正来报复。

老大（厉声地）：谁是第一个不公正的人？谁又在加剧这种不公正？你们这些识字的老爷，老子要是不用枪顶着你的脑门儿把你绑到这儿来，我连跟你说话的机会都没有！我们永远被你们踩在脚底下！

张先生：并不是所有的人都像你说的那样，任何时候都有人在和不公正抗争。（指着紧闭的窗户）恕我直言，你的视野还不如这扇关着的窗口大！

老大：我已经看到了我想看的！多少年来，一直是你们在给这个世界定规矩，不守规矩的恰恰是你们！你们根本不管我们这些穷人的死活！你们赏一口饭给我们吃，跟喂骡子、喂马、喂牲口一个样！你们是想让我们做更多的苦力,给你们赚更多的钱,供你们享乐!你们把自己圈在城里,你们在防谁?你们在防我们这些穷鬼!老子就是要铲除你们的篱笆,推倒你们的高墙!绑你们的票!撕你们的票!

张先生:这的确是一个糟糕的世界,可绑票算什么?敲诈勒索、绑票抢劫只能使这个世界变得更坏、更糟……

老大(挥舞着手枪,冲房顶开了一枪):闭上你的鸟嘴吧!我从一落生,就被你们这些当官的、有钱人绑架了!你们用看不见的手段剪票、撕票,你们的刀子更锋利、更隐秘、更可怕!(捂着头)他妈的,别叫了,别叫了!

【老大突然想起了什么,哆嗦着掏出烟枪,点着火,半躺在太师椅上,贪婪地吸食起来。一时间,只听见老大吸烟的声音。

【张先生坐回到太师椅上,翻看了几页报纸,又把报纸放回到桌子上。

【老大的情绪渐渐平静下来。

老大(轻声地):张老先生……

【张先生没有说话。

老大:张老先生?

张先生:什么事?

老大:您要不要来一口?

张先生:谢谢,我不需要。

老大(像被针扎了似的从椅子上惊跳起来,厉声地):嘿他妈的,不要说"谢谢"!

【张先生不说话,静静地审视着老大。

老大(重新躺下,语气缓和下来):别这么看着我。对不起了,张老先生,我把您吓着了。唉,我不该吓唬我的财神。

张先生:现在,我倒真希望自己是个财神!

老大:实在对不起了,老爷子,刚才我在气头上。怪我没给您交代清楚。我们吃的是卖命的饭,干的是死里求生的勾当,所以言语上有不少忌讳。我们从来不说"谢谢",是怕被人"大卸八块",我们从来不说"包子",是担心被"包围",我们从来不背着手走路,是怕被捆绑,被官府抓住。——我说了这么多不该说的话,呸!呸!呸!

张先生(口气尽量和缓):你很清楚,干这一行是不会有好结果的,我劝你还是及时收手吧,悬崖勒马从来都不嫌太晚。

老大:这意思我懂。搬起石头,砸自己的脚,对不对?可我们同时也砸阔人们的脚。我们要是不搬起石头,就只配给你们这些阔人磕头了。

【老大坐起身,把烟枪放下。

老大(思谋了一会儿,讲道理地):不瞒您说,我老家村子里有三百户人家,要是有十户人家过得好,我自己是那剩下的二百九十户之一,我也不会上山干这一行。真实情况是,三百户人家,家家穿不上裤子,揭不开锅。您说,这种情况下,我该做点什么?

张先生:你是聪明人,用不着我来告诉你做什么。要我说,诚实劳动永远是值得尊敬的。

老大:劳动果实被抢走时也要一声不吭吗?先拿枪的不是我们,先开枪的也不是我们。(咳嗽)我宁可拿着枪被打死,宁可让人把脑袋挂到城门上,也不愿意过被人欺负的穷日子、苦日子。

张先生:你仔细想一想就会知道,你如今做的事,却是在伤害无辜、助纣为虐。

老大:哼,跟官府的剃刀比起来,我们不过是一把梳子。张老先生,我问您,要是牛群里有一头牛受了伤,跑不动了,您知道别的牛会怎么样?

张先生(想了想):它们会流泪。

老大:不错,它们只能围着它流泪,因为它们没有手。我们这号穷人,要是没有枪,就是一群没有手的牛。

【静场。

张先生(在椅子上坐下来,正视着老大,诚恳地):这位先生,我有一个想法,想跟你好好谈一谈。我是一个读书人,出身于耕读之家,虽然做了不少年出版生意，可并没你们想象得那么有钱。如果你肯送我回去，我愿意设法筹集一笔款子，资助你和你的兄弟们做一点正当生意。

老大(看了看张先生,讽刺地)：心眼儿真好。哼，我他妈可用不着谁来施舍……

张先生：这不是什么施舍。我只是想尽我所能帮你们找一个正经营生，希望你和你的弟兄们过上正常人的日子。另一方面，我也很愿意交你这个绿林朋友。

老人(讽刺地)：您歇了吧！您以为我会信这一套？

张先生：你可以相信我，我说话从来都是算数的。

老大：哼，你们这号人，从来都是好话说尽，坏事做绝。你就是说下大天来，我也不会相信。

张先生：我怎么做，你才肯相信我？

老大(倦怠地)：你怎么做，我都不会相信。除非……

张先生：除非什么？

老大(斜睨了张先生一眼)：除非你把你写字的右手剁下来……

【张先生顿了一下，站起身，慢慢抓起了桌子上的斧头。

老大(观察着张先生):你要干什么?

张先生(平静地):我要剁掉我的右手,好让你相信我的话。

【张先生把右手平摊在桌子上,举起斧头猛力砍下去。老大见状,"噌"地一下蹿起来,迅疾跑过去,拽开张先生的右胳膊,斧头"当"的一声砍在了桌子上。张先生奋力再次去抓斧头。

老大(大叫):老爷子,你有种,我信了,我他妈信了成不成!

【老大推开张先生,从桌子上拔下斧头,扔在地上。张先生被推了个趔趄。

老大(指着张先生,手指乱颤):剁手?这可不像一个吃斋念经的人干的事儿!

张先生(依然平静地):只要你能相信我,我剁掉一只手也没有什么。

老大:嘿,你还真敢剁!我明白告诉你,你就是剁掉两只手也没用!我他妈的什么都不相信……

张先生:剁不剁是我的事,信不信是你的事。

老大(咳嗽):咳,咳……您这脾气,倒挺适合干我们这一行……

张先生:勇气并不是你们绿林好汉的专属。

【老大剧烈咳嗽起来。

张先生(平静了一下自己,摇了摇头):你的咳嗽加重了。

老大（又是一阵剧烈的咳嗽）：咳……咳嗽总比听老鼠叫好受一些……都是您老先生惹得我火起……

张先生：我粗通些医道，也许可以给你看一看。

老大：你少……少拿我开玩笑！

张先生：我没有跟你开玩笑。

老大：我们这种人，从……（咳嗽）从来没有看过医生。我们他妈的有病就扛着。

张先生：请把你的手给我。

【老大又好气又好笑地摇了摇头，赌气走到张先生对面，坐下，把手伸了出来。张先生为老大诊脉。

老大：怎么样？我还能不能凑合活到明天？

张先生：你是虚火上浮，气血不调。我给你开个药方。要是信得过我，你可以吃几服药试一试。

【张先生提笔在一张纸上开药方，老大凑在张先生身边看。张先生把写完的药方递给老大。

老大（看药方）：这最后一味药是什么？（突然乐不可支）桂花叶一枚？哈哈哈笑死我了，桂花叶也能治病吗？

张先生：这是一点点诗意，一点点祛邪安神的诗意。

【老大又笑了一阵，一边笑一边摇头。老大好不容易止住笑,然后反身走到窗口,用斧头拆下钉窗户的木条,把窗户打开。从窗口望去,外面有一棵葱葱郁郁的桂花树。一阵秋风吹过,几片桂花叶缓缓飘落下来。

老大:啊,我闻到桂花的香味了。诗意,哈哈,药方里的诗意,绑架案里的诗意。

张先生:不要拿自己的身体开玩笑。你对付得了我,未必对付得了身体上的病。

老大(看着药方):您最好在药方里再加一根金条,我的病马上就好。

张先生:那是为什么?

老大:因为我得的是穷病。哈哈。不过,我喜欢你这个药方。(抬腕看表)请原谅,我不能陪您了。谈判的家伙们该回来了。希望他们带回来的都是好消息。

【老大走到窗边,用斧头"梆梆梆"把窗户钉死,然后一瘸一拐下场。老大突然又想起了什么,折返回来。

老大(凑近张先生,顽皮地):老爷子,这药方里怎么没有砒霜啥的?药里头我就认识砒霜。

张先生(大声,讽刺地):有。这几服药加在一起,沸水熬好了,就是砒霜!

老大(满意地点点头):嗯,好!好!这下我放心了!我就喜欢砒霜!这药说什么我也得喝它几服!

——桂花叶一枚?哈哈!真有意思!
　　【老大提着斧头,哼着小调,下场。

　　——幕落

第三幕

【幕启时,张先生背对着观众,静静地站在窗口。

【老大胳膊底下夹着一卷报纸上。老大一边走,一边发出惊奇的赞叹声:"嘿!嘿!嘿!"一声比一声高。

老大:老爷子,我给您请安来了!
【张先生一动不动,也没有说话。
老大(把报纸扔到桌子上,自顾自地在太师椅上坐下):我睡了一个好觉,做了个好梦,梦见了酒和大洋。可是,梦里的酒能喝吗?梦里的大洋能花吗?谁也甭想骗我,在梦里头也不行。
【张先生回过身来,看着老大。

老大:对不起,昨天我跟您发了脾气。

张先生:脾气是你自己的,你发也可,不发也可,悉听尊便。

老大:这么说是真生气了?您气色不大好。

张先生:请你告诉我,我到底什么时候可以走?

老大:这事取决于您的家人和朋友。

张先生:不,这事取决于你和你们。

老大:我已经把赎金降到了两万块大洋。三十万到两万,另外那二十八万是您的出诊费。我喝了您开的"砒霜",不那么咳嗽了。你听(故意使劲清嗓子,并没有引起咳嗽),我这腔子里舒服多了。您开的是名副其实的"千金方"!

张先生:我开药方是从来不收费的。

老大:老爷子,真没想到,您还有这么一手。

张先生:不为良相,即为良医。这是历代读书人的传统。很惭愧,我只懂一点点皮毛。

老大:可良相和良医,这俩东西谁也不挨谁呀!

张先生:这两个职业都是活人的!人生在世,谁都希望自己对别人能有一点点好处。

老大:我听出来了,您这是在骂我!

张先生:我倒希望我的话有那么一两句能说到你的心里去。

老大:张老先生,您倒是说说看,同样是读书人,为什么有些人一做官就变坏？

张先生：我回答不了你的问题。我只知道，一个人不管是做官，还是种田，都应该守住自己的本分！

老大：哼，守住自己的本分？真要那样，天下就太平了！——老爷子，我跟您通报一下眼下的情况。您的赎金，您家里人已经送来了一万，还剩下一半。这也是最后的价钱！

张先生：我家里人拿不出这笔钱，你让他们怎么办？

老大：那是他们的事。要是明天早晨拿不到这笔钱，您可别怪我不客气，规矩就是规矩！

张先生：你用不着总跟我重复这件事。

老大：哈，终于摆起架子来了！好得很！有一件事，我想请教您一下。

张先生：哼，不胜荣幸。

老大：我很奇怪，您贵为公司董事，贵公司竟不肯出钱救您一命，这是怎么个道理？

张先生：严禁公款私用，这是我们编委会和董事局全体定下的规矩。

老大：连人命关天的事都不能通融？

张先生：这件事需要所有董事会成员都在场，才能定夺。我是董事会成员，我不在场，自然形不成决议。

老大:哈,哈,真是一帮可笑的书呆子!我很想见识见识您的公司。您说,像我这号人能不能到您的公司工作?

张先生:我一个人说了不算,用人的事也需要董事会决定。

老大:那您肯不肯推荐我?

张先生:当然不。

老大:为什么?

张先生:除非你发誓,不再干这种肮脏的勾当,除非你真心为你做过的事忏悔,真心向被你伤害过的人道歉。

老大(牙疼似地吸气):嘀!嘀!嘀!您可真有种!我可以随便处置您,您倒好,跟我提出这么多要求,还不肯推荐我进您的公司!

张先生:你的确可以随便处置我。我不会为了我的命向你乞求,也不会为了保自己的命坏了规矩。有一点你说得不错,规矩就是规矩。

老大:张老先生,您是一个疯子!

张先生:你可以这么说。

【老大从桌上拿起报纸。

老大:今天的报纸热闹极了。每张报纸上都有您的消息。(走到张先生身边,指着报纸)您听啊:前清"朝"林……

张先生：翰林。

老大：前清翰林被绑、这两个字（指给张先生）……

张先生：戊戌。

老大：戊戌君子成肉票，出版巨子落难，共和国教科书之父生死不明。这些居然都是说您一个人的，真是失敬得很！兄弟我今儿才知道您是一位鼎鼎有名的大人物！

张先生：不，我只是一个疯子。

老大：报纸上说，您在大清国做过翰、翰、翰林，百日维新失败后，您差点儿跟谭嗣同一块儿掉了脑袋。后来您离开朝廷，办学堂，开印书局，现行的识字课本全都出自您的手里。他们说的是不是真的？

张先生：大致不错。

老大：报纸上还说，做翰林的时候，有一阵子，您是皇上身边的近臣。

张先生：那是三十多年前的事了。那个时候，国家正面临三千年以来最大的变局，皇帝也想改革，也想给大清国找一条富民强国的出路。

老大：您在皇上身边做什么？

张先生：戊戌年，我30岁，在总理衙门做一名章京，皇上让我给他推荐书目，找一些他想看的书。

老大：这么说，您是皇帝的师父了？

张先生：不，我不过是个奴才。在有皇上的时代，人人都是奴才。

老大：后来呢？

张先生：后来，老佛爷动了威怒，把主张维新的人砍头的砍头，革职的革职。那些天，我就在家里等着朝廷的捕快。

老大：伴君如伴虎，看来这话不错。他们到家里抓您了没有？

张先生：没有。后来老佛爷下了懿旨，我被革职，永不录用。

老大：这么说，您捡了一条命。再后来呢？

张先生：再后来，我成了无业游民。之后，受聘在一所学校教书，几年后跟几个志同道合的朋友合伙开办了印刷所，出版字典、识字课本和各种书籍，做了一个民间出版人。

老大（指着报纸）：奇怪的是，前些年大清国给您复职，您却拒绝出来做官。

张先生：那件事之后，我发誓永不为官。

老大：我是经人推荐才找上您的，我们只知道您是一个大财主。现在我知道您这个人，本来能成为一个更大的人物，可您却卖上了书，成了个书贩子！您为什么不继续在仕途上混一混！您说，如果您现在是个镇长、县长，谁敢绑您呢！——嘿，我都替您着急！

张先生：普及常识，教孩子们读书识字，也是一种功德。

老大：狗屁功德！我见识过很多读书人，他们很有学问，可同时也是一群口是心非的害人虫。他们说出来的话，印出来的字，全都是谎言，全都是胡扯淡！

张先生：老话说，十年树木，百年树人。启蒙、教育之功，利在百年，并不在一朝一夕。

老大：您是想用这套酸腐的腔调点化我吗？算了吧。利在百年？我可活不了那么久。我只管眼前活得痛快！

张先生：我谁也点化不了，我自己也是一个糊涂人，活了大半辈子，一事无成。

【老大突然想到了什么，把太师椅搬到舞台中央，乔模乔样地坐下。老大向张先生勾勾手指，意思让张先生近前来。张先生站着不动。

张先生：你这是要干什么？

老大：皇帝轮流做，今年到我家。（敲着太师椅扶手）现在，这就是龙椅。来呀，大清国的翰林，让咱——让朕也过一把做皇上的瘾。

张先生：哼，这种把戏，你还是跟你手下的弟兄们玩儿吧。

老大：他们怎么成？我就是要跟您这真正的朝廷

翰、翰……翰林玩儿一玩儿!

张先生:我恐怕要让你失望了。我在前清做过官不假,可我本人对帝王将相那一套充满了厌恶。

老大:不过就是玩玩儿!您何必当真呢。对我们这些穷人来说,谁当皇帝,有没有皇帝全他妈的一个样!

张先生:对不起,我没这兴致。

老大:老爷子,我不为难您,您只要喊我一声"皇上",像真正在金銮殿上一样,喊一声"吾皇万岁、万岁、万万岁"就得!

张先生:皇上早已经逊位,这个世界上再也没有什么皇上了,万岁、万岁、万万岁,全都是鬼话。

老大:嘿,老爷子,您非要急死我是不是?您这辈子可没有少叫"皇上",没少喊"吾皇万岁",您怎么就不能叫我一声,对我喊这么一嗓子?

张先生:我要是照你说的做,相当于说粗话,相当于骂人。

【老大生气地站起身来,走到张先生身边。

老大(大声地):今天我还非过上这个瘾不可!这么着,老爷子,您坐龙椅,您当皇上,我给您磕头,我喊您"万岁"成不成?

张先生:这根本就是一回事,我是不会配合你的。请原谅,我扫了你的兴。

老大(急得抓耳挠腮):我求求您了老爷子,我的官瘾犯了!您就当我病了,就当再给我治一回病成不成?成不成?我自己坐龙椅,我自己给自己磕头,您只管站在这儿,用您这当过朝廷命官的眼睛帮我看着!帮我提个词儿!

张先生(顿了一下,突然提高了声音):好,好!我倒要看看你怎么当这个皇上!过的到底是个什么瘾!

老大(兴奋得直搓手):好嘞,上眼了您呐!

【老大把张先生摁坐在"龙椅"上,自己跑到对面,对着张先生行叩头礼,努嘴,示意张先生提词)。

张先生:臣恭请皇上圣安。

老大(大声地):臣恭请皇上圣安!

【老大跑回来,把张先生从"龙椅"上拉起,自己坐下。

老大(眼睛看着下面"跪着的人"):朕问你(示意张先生提词儿)……

张先生:近来地方匪盗蜂起,可有此事?

老大:朕问你,近来地方匪盗蜂蜂……蜂起,可有此事?

【老大重又跑回"龙椅"前跪下,朝张先生努嘴。

张先生:确有此事。

老大:确有此事!

张先生:你是地方要员,怎可渎职?总要把百姓生计放在心上才是!

老大:你是地方要员……嘿,忒麻烦,急死我了,我还是自己来吧!(迅速起身,跑回"龙椅"坐下,指着下面)呔,大胆奴才,有人说你在京城媚上欺下,行贿受贿,在地方卖官鬻爵,贪赃枉法,有没有这回事?(重新起身,跑到龙椅前跪下)臣不敢!臣冤枉!(跑回到龙椅坐下)还敢嘴硬!你的事朕都知道,你以为朕是瞎子、聋子吗?(重新跪下)臣知罪!臣以后再也不敢了!(跑回龙椅坐下,使劲一拍扶手)左右,快把这个王八蛋给朕拉出去砍了!(重又趴在地上,磕头)皇上饶命,奴才罪该万死!奴才给皇上带来了一个好物件儿,一件稀世珍宝!(重回龙椅,假装把玩"好物件儿")好!你小子知罪就好。嘿,还真是个好物件儿。念你是朝廷老臣,朕暂且饶你老小子一命。从今往后你要好好守规矩,不要忘了给朕进贡,多多地进贡!(朝张先生努嘴)。

张先生:你还要怎么样?

老大:那个,让臣……奴才退下去怎么说来着?

张先生:那么你还是先下去吧!

老大(疑惑地):不是说"跪安"吗?

张先生:随你怎么说!

老大(大声地):滚滚滚,跪安吧!(重新跑下龙椅,跪地磕头)皇上圣明!吾皇万岁、万岁、万万岁!

【老大踱回去,在太师椅上坐下。

【静场。

老大(长出了一口气,慢慢恢复了常态,倨傲地):让您见笑了,张老先生。

张先生:这的确很可笑。

老大:这一点也不可笑。

张先生:我们两个人说的未必是同一件事。

老大:张老先生,您是做过官的人,您就是离开了官场,还是人上人。我也想做做官,我也想走在大街上让人害怕。

张先生:做官可不是为了让人害怕。

老大:老实跟您说吧,眼下城里正在和我谈判。他们看中了我的人马和枪,干完这一票,我就要到城里去做官了。到时候,我们也许有机会在宴会上见面。啊,一想到要到城里去做官,我脑袋里的疯老鼠立刻不叫了,敢情它他妈也想做官。

张先生:这么说,你是要接受政府收编了?

老大(掩饰不住地笑):是啊。不过我得换一个名字。在官家报纸上,我早就死了。几个月前,他们抓住了另外一个人,对外宣布那个人是我。

张先生:哈,哈,哈!真是有趣得很!

老大:老子也要尝尝做官的滋味。等官府发了粮饷,发了武器,枪把子攥在我的手里,我做官做得舒服就做,做得不舒服就把弟兄们往外一拉,重新上山,照样儿干起来。

张先生:既然你初心不改,何必要接受政府的收编?

老大:没有好处我当然不会干。实话说吧,我们这种出身的人,收编次数越多,身价就越高,就有可能做更大的官。当然啦,为了防止万一,我的一部分兄弟会接着在山上干下去,这样,我们彼此之间也好有个照应。

张先生:想得可真周到。真是一桩好买卖!

老大:做官是天底下最好的买卖,官瘾是天底下最大的瘾。他妈的,这一点,谁也蒙不了谁。

【外面突然传来一阵儿童的欢呼声、笑闹声。

老大:啊,这是我们的孩子要念书了。明知道他们念了书,会变成混蛋,我也希望他们多念一点书,将来做一个有钱的混蛋,体面的混蛋。

【儿童读书声:

学生入校。先生曰:"汝来何事?"学生曰:"奉父母之命,来此读书。"先生曰:"善。人不读书,不能成人。"

园中花,先后开。桃花红,李花白,桂花黄,菊有多种,颜色不同……

张先生(小声吟咏):园中花,先后开。桃花红,李花白,桂花黄,菊有多种,颜色不同……

老大(突然想起了什么):老爷子,这些识字课本,是不是您编的?

张先生:不是我一个人的功劳。我只是编者之一。

老大:你们声称要教孩子们"成人",读了你们的书,他们能成什么人?

张先生:说句夸口的话,我希望他们能成为新人,成为中华民国的合格公民,自尊自爱,自强自立,遵守法度,恪守规矩。

老大:哼,这个调调,听起来可真不错。要是真能这样,老子们也就不必上山做贼了。

【老大走到窗口,拆下封窗户的木条,推开窗子。窗外是一轮皎洁的圆月。

老大:啊,月亮升起来了,老天爷是最守信用的,月亮该圆就圆。月亮是穷人最好的朋友。老话怎么说的?清风明月,不用一钱买!

张先生:我到底什么时候可以回家?

老大(不耐烦地):又来了!等另一半钱一到,我保证,立刻放人!

张先生(顿了一下):我希望你能认真考虑一下我昨天提出的建议。

老大:您是说,让我先放了您?

张先生:我可以给你们打一个欠条,立一个字据。

老大:您就死了这份心吧。我们这一行是一锤子买卖,概不赊欠!——照您的话说,(讽刺地)这是我们历代绑票人的传统,也是我们绑委会和匪事局全体立下的规矩!

张先生:我用我的人格和性命担保,我答应的事情一定会办到。

老大(生气地提高了声音):老爷子,你别以为你给我开了个好药方,我就得领你的情!什么人格,什么性命,统统没用!——你治得了我的病,可你治不了我的穷命!

【张先生突然捂住胸口,看样子很难受。

张先生:对不起,我想出去走走。

老大:您说什么?

张先生:我说,我想出去走一走。

老大:不行。

张先生:不行是什么意思?

老大:就是不能,不允许。

张先生:我只是想出去透口气。

老大:我说过了,不能,不允许。你只要在这里待一天,就只能待在这个小屋里,一步也不能离开。

张先生(平静地):我透不过气来。我只是想出去走一走,喘口气。

老大:我说了不行,就是不行!

张先生(停了一下,突然提高了声音):听着,我只是想出去走一走,喘——口——气!

【说着话,张先生径直向门口走去。

老大(厉声地):嘿,老家伙,还跟我犟上了!你要是非出不去不可,我马上挖出你的眼珠,剁掉你写字的右手!——喘气?别以为喘气那么简单,他妈的,喘气也必须付出代价!

【张先生大步走到门口,伸手去拉房门。老大拐着腿几乎是跳着跑到门口,抢先一步,堵在门口。

【张先生和老大两个人脸对脸僵持在门口。

老大(突然高声咒骂):去你妈的!

【老大挥起一拳,重重打在张先生脸上。

【张先生捂住脸,痛苦地倒在地上。

【儿童们的读书声再度响起:

天初晚,月光明。窗前远望,月在东方。

天初晚,月光明。窗前远望,月在东方……

【张老先生一动不动蜷卧在地上。灯光渐渐转暗。

——幕落

第四幕

【幕启时,张先生一个人站在舞台中央。张先生一边脸挂了彩,头发散乱,形容憔悴。

张先生(整理了一下撕破的衣衫,平静地):该回家了。是时候了,我该回家了。(突然侧着耳朵倾听)这是什么声音?——是老鼠,老鼠的叫声。嗳,嗳,我也听到疯老鼠的叫声了。(停顿)几天前的这个时候,我还效仿鸵鸟的样子,待在自己的书房里,埋头在故纸堆里,两耳不闻窗外事。可一眨眼的工夫,就被绑到这间小小的、野蛮的囚室,成了待宰的"肉票"。嗳,嗳,肉票。我这个老"肉票"的气力已经耗尽了,站不住了。(趔趄了一下,站定,环顾四周)这一切,床、桌子、过期的报纸、封死的窗户,都像一个梦,一个荒唐的梦,可又不是个梦。没有书本,没有阳光,没有自由空气的世界,还成一个什么世界?嗳,嗳,我累了,连做"肉票"的力气都没有了。我该回家了。

【老大手里提着一坛花雕酒上。

老大:过节了,张老先生!今天真是一个好日子!我要跟您这位大人物痛痛快快喝一杯!

【老大把酒放在桌子上,启开酒瓶,倒了两碗酒。张先生一言不发,静静地看着老大。老大用中指蘸酒在地上弹洒了五滴。

老大:敬天,敬地,敬皇上,敬父母双亲!(向张先生举举碗,愉快地)喝一杯吧。这是女儿红,是我几年前自己酿的酒,喝自己酿的酒才有味道!

张先生:谢谢,我不喝酒。

老大(敏感地):您说什么?

张先生(加重了语气,挑衅地正视着老大,一字一顿地):我说,谢谢!我不喝酒。

老大:您说"谢谢"?(好脾气地笑笑)好吧。谢谢!没关系,今天您想说什么就说什么,我不在乎了。

【老大惬意地喝了一口酒。

老大:老爷子,您嫁闺女的时候,喝的是不是这种酒?

张先生(背起手,缓步在舞台中央来回走着):也许是,也许不是,我早已经忘记了。

老大(看了张先生一眼,点点头,宽容地笑笑):好,好,今天您尽管背着手走路,我不在乎了。(又喝了一口酒,把一颗花生豆抛高,伸嘴接住)不是谁都有能力嫁女儿的。我有过一个姐姐,我爹死那年,我姐姐离家出走了,那年她十四岁。有人在城里看见过她。像我姐姐那样的穷姑娘,到城里去能干什么?人人都知道那是怎么一回事。打那以后,我们再也没有见过她。她也不再跟我们来往了。(举碗)来吧,老爷子,咱爷儿俩喝一杯吧。这两天,我知道您不怎么好过。谁也不愿意当可怜的"肉票"。

张先生(冷笑):哼,哼,肉票……肉票!

【老大站起身,走到窗口,用随身带的斧头把窗户上的木条启开,推开窗子。

老大:啊,今儿晚上的月亮可真圆啊。(停顿)城里派来的人马上就到了,如果谈得拢,我就要金盆洗手了。张老先生,您觉得怎么样?

张先生:好得很!真是出人意料的好!

老大:要是一切进展顺利,我和我的弟兄们会编入特别市警察局特别行动队。(拿出一张纸)呶,这是他们交给我的操练歌曲,我的弟兄们正在加紧学唱。(念)要做官,杀人放火受招安!他妈的,不是这面儿。(翻到背面,清清嗓子,用"民国广播腔"念):

我们是中华民国特别市的警察,
制服是新的,枪弹也是新的。
必有牺牲之决心,
不存自私自利之心。
要让敌人怕我们,国民爱我们。
我们是这个特别城市的管理者,
我们是这个特别城市的保护神!

教养和正派是富足的孩子,
行凶、绑架和抢劫是贫穷的后代。
必有牺牲之决心,
不存自私自利之心。
要让敌人怕我们,国民爱我们。
我们是这个特别城市的管理者,
我们是这个特别城市的保护神!

张先生(突然仰天大笑):哈哈,哈哈,哈哈哈哈!
老大:您认为这歌儿写的怎么样?
张先生(大声地):好,好得很!果然是五官皆匪!五官皆匪!哈哈,哈哈哈哈!
老大:我也觉得写得很好。尤其这句:制服是新的,枪弹也是新的。我们是这个特别城市的管理者——我们是这个特别城市的保护神!真带劲!

张先生(看着老大,讽刺地):你身上的那只老鼠呢?那只"吱吱"怪叫的疯老鼠呢?它也要跟你一起进城去做官老爷吗?

老大:老爷子,您这话说得可不怎么厚道。我身上哪儿来的老鼠?(顺次拍打自己的胳膊、腿、胸、背)这儿、这儿、这儿、这儿,还有这儿,藏得下一只老鼠吗?真是笑话!

张先生(凑近老大,指着老大的头):这里呢?也许那只疯老鼠藏在这里了。(比画着)这里的大小、尺寸,正好住得下一只老鼠,一只"吱吱"怪叫的疯老鼠!

老大:别在我眼前比画!我看你他妈是疯了!

张先生:你说得对,也许我早就疯了,从一生下来就疯了。

老大(生气地):老家伙,你是不是觉得我不配到城里做官?

张先生:不,你很有资格。(顿了一下,吟诵)始作俑皇帝行深般若波罗蜜多时,照见五官皆匪,度一切迷津。众爱卿,官不异匪,匪不异官,官即是匪,匪即是官,兵痞商学亦复如是!亦复如是!

老大:什么他妈的《般若波罗蜜多官经》,那是一个读过书的坏东西胡诌的!

张先生:胡诌?这不是普通的胡诌,这是一个伤心人的心里话!

老大:老东西,我看你是真疯了!

【门外传来一个声音:"老大,城里来人了!"】

老大(大声地):他妈的,都是一些催命鬼,就来!就来!(老大说着,把酒碗往桌子上使劲一蹾。老大走到窗户边,把窗户关上,用斧头使劲钉上木条。)张老先生,我还要正式通知您一件事,从今天晚上开始,我要把您移交给那些留在山上暂时不进城的弟兄。以后的日子,他们会怎样对待你,我可拿不准!

【老大看了张先生一眼,提着斧头,急急踱了出去。

张先生(高声):去吧,快去做你的升官发财梦去吧!

【静场。

【张先生愣了一会儿,突然大步走到窗户边,使劲摇晃窗户,试图把窗户打开,结果没有成功。

张先生(大声地):来人,快来人!把窗户给我打开,打开!

【张先生低着头在屋子里转了一圈,突然抄起一把太师椅。张先生走到窗边,抡起太师椅,照着窗户使劲砸了几下,终于将窗户砸开。

【张先生站在窗口,面对着窗外的桂花树和一轮圆月。

张先生：好浓郁的桂花香啊。（吟诵）不是人间种，疑从月中来。广寒香一点，吹得满山开。

【窗外，由远及近的鼓声响起。随后传来众人荒腔走板的说唱声：

> 我们是中华民国特别市的警察，
> 制服是新的，枪弹也是新的。
> 必有牺牲之决心，
> 不存自私自利之心。
> 要让敌人怕我们，人民爱我们。
> 我们是这个特别城市的管理者，
> 我们是这个特别城市的守护神！
>
> 我们是中华民国特别市的警察，
> 制服是新的，枪弹也是新的……

【外面声音渐弱。张先生回转身，慢慢踱到桌子旁。

张先生（端起酒碗）：该回家了。喝下这碗酒，这碗女儿红，我就该回家了。（停顿）原本以为，打倒了皇帝，进入了民国，人们就都能过上有尊严的、太平的日子，这是一个多么幼稚、多么可笑的想法。眼下这个世界，是怎样的一个世界？官匪沆瀣，弱肉强食，盗匪横行，民不聊生。这是一个什么样的中华民国？

分明是中华匪国！唉，唉，在这个荒唐的世界上，被皇帝砍头，还是被盗匪撕票，都是命，都是一种宿命。我已经年过六旬，义无再辱，义无再辱！（停顿）我的时间已经停止了，以一种可悲复又可笑的方式停止了。很好，很好，停在了一个，（举碗向月）一个难得的月圆之夜！

【张先生举起酒碗，一口气把酒喝完。

张先生：对眼前这个荒唐、糜烂的世界，我还能说点儿什么、做点什么呢？（摇头，沉痛地）唉，唉，抱歉，抱歉了各位，我已经老了，已经没有力气了，我已经没有力气再说什么、做什么了！结束吧，让这一切都快点结束，适时地结束吧。（外面又一阵低沉、急促的鼓声传来。张先生提高了声音）再见了各位，再见了，我的老妻，我的孩子们……愿你们度过这漫漫长夜之后，能看到新一轮的日出，能看到一个新的太阳，一个不一样的太阳。而我，我这个死过多次，在这个荒唐世界上苟活了很多年的人，这一回是真的要走了，真的要走了。（又一阵急促的鼓声，张先生拼尽力气，高声吟咏）街鼓催人急，西山月已斜。满眼桂花落，今夜宿谁家！

【张先生扬起手，将空碗掼在地上。

【张先生解下裤带，从容地登上桌子。张先生把绳索在屋顶横梁上系好，然后将绳子慢慢套在自己的脖子上。

【黑场。桌子倒地的声音。

【幕后，老大的声音："张老先生，张老先生！"

【灯光渐渐亮起。老大穿着一身崭新的民国警察制服，挺胸凸肚，迈着滑稽的正步，一瘸一拐上。

老大（粗豪地）：张老先生，您得好好请我喝顿酒，我给您带来了好消息！您可以走了，可以回家了！（见窗户开着，顿了一下，急忙一瘸一拐地跑到窗边，探出身子向外观瞧，嘴里高声咒骂）嘿，嘿！他妈的，还让他跑了！狡猾的老东西！口是心非的老混蛋！

【老大回转身，突然发现了已经上吊的张先生。老大大惊，慌忙瘸着一条腿跑过去，扶起桌子，蹿到桌子上，从腰里掏出尖刀，割断绳索，把张先生解救下来。

老大：嘿，嘿！张老先生，张老先生！挺稳重、挺豁达的一个人，怎么突然想不开了？真是个刚烈的、硬骨头的老人家！

【老大使劲摇晃平躺在地上的张先生。

老大：老爷子！老爷子！醒醒，醒醒！

【张先生躺在地上一动不动。老大突然想起了什么，站起身，把瓶子里的桂花全都拔出来，把花束放在张先生的鼻子下面。

老大:张老先生,闻到桂花香味了吧!您是不会死的,我不允许您死。我可不想手里落下您这么一条人命!我承认,这次绑您,绑一个编写识字课本、一个给书捉虫子的人,是搞错了,我现在就正式给您道歉!——(摇晃张先生)嘿!老爷子!使劲抽抽鼻子,闻闻这桂花的香味儿,尝一点这祛邪安神的诗意!这可是您自己开的药方!——老爷子!您听我说,您家里人已经把赎金送到了,我的委任状也到了。(下意识地板起脸,声音变成庄重的假嗓音)从现在起,我就是特别市警察局特别行动队队长,您就是我解救的第一个被绑架的人质,我有责任保护您的生命和财产的安全,我还要靠您去领赏呢!——张老先生,我知道,您这种人是死不了的,我已经彻底调查清楚了,您的确是个有钱人,可您把大部分钱全都捐出去了,您是一个好心眼儿的读书人,一个菩萨心肠的读书人,一个真正的慈善家!您不该死!连老佛爷都没有要您的命,我怎么敢、又怎么能呢!——老爷子,醒醒,醒醒!噢对了对了,老爷子,您可别忘了,您还有一大堆书没有校、校、校勘完呢!我们的小崽子还都等着读您编写的识字课本、读您编写的国、国、国民教材呢!张老先生,醒一醒,醒一醒,我这就送您走!(声音再次变成庄重的假嗓音)我要亲自带队,带着我那些刚刚穿上警察制服的弟兄,立刻送您下山！送您回府上！送您——回——家！

【儿童的读书声响起来：

学生入校。先生曰："汝来何事？"学生曰："奉父母之命，来此读书。"先生曰："善。人不读书，不能成人。"

园中花，先后开。桃花红，李花白，桂花黄。菊有多种，颜色不同……

园中花，先后开。桃花红，李花白，桂花黄。菊有多种，颜色不同……

【在儿童们的诵读声中，老大给张先生整理好衣服，然后退后两步，向躺在地上的张先生行了个歪歪扭扭、不伦不类的军礼。

【老大蹲下身，背起张先生，一瘸一拐地走下台去。

——全剧终

【六场话剧】

圆明园

The old summer palace

范 伟

第一场

出场人物：禄喜、如意、百福、咸丰帝、皇后、懿贵妃、僧格林沁、管园大臣、顺子、恭亲王。

【1860年（咸丰十年）9月21日。圆明园正大光明殿前。

【这一天，清军三万人与英法联军八千余人在北京与通州之间的八里桥展开激战。

【禄喜上。

禄喜（谛听）：我听到枪炮声了，就在我这耳朵边上。这是八旗兵跟英吉利、法兰西人接仗的枪炮。这枪炮声把满园子的花儿啊、草啊，都惊着了。（蹒跚着走了几步，回过神来）托万岁爷的福，老奴是大清国升平署的总管禄喜，从乾隆爷、嘉庆爷、道光爷，一直伺候到当今圣上咸丰爷,直到一年前乞食归养。万岁爷念我多年伺候有功,特别恩准老奴在圆明园附近居住。万岁爷懂得老奴的心,老奴实在是舍不得离开这个园子啊!(数来宝,口气缓慢)圆明园,真气派,是万岁爷避喧听政的好所在。从雍正爷到咸丰爷,各位爷一年里十有八九住在圆明园。这是万岁爷真正的家。老奴一辈子就在这里给皇家当差,伺候万岁爷们看戏。万岁爷为国事操劳之余,也得消遣消遣不是?

【伶人如意、百福,做戏曲动作,上。

如意(旦角,以袖掩面,偷觑百福,念白):见了他呀,奴家的心就像兔儿一样别别地跳!

百福(念白):姐姐,你就从了我,权当救我的命吧!

如意(念白):真是个可人疼的冤家呀!

【百福纠缠如意,两个人在舞台上追逐,如意半推半就。

禄喜(对如意):停。要再这样儿一点,(做示范)真是个可人疼的冤家呀!

如意(学禄喜的样子):真是个可人疼的冤家呀!

禄喜:这次好多了,情绪一定要饱满,(再次示范)真是个可人疼的……皇上可是真正的行家。

如意:是,老总管。

禄喜(对百福):姐姐——字要咬得真切、掏心掏肺,(示范)姐姐,你就从了我,权当救我的命吧!

百福:是!(起范儿)姐姐……

【百福、如意继续在舞台上默戏。

禄喜:今天,万岁爷专门点了这出叫《小妹子》的戏。这出艳情小戏,因为有伤风化,道光爷的时候禁了,是老奴偷偷保存下来的,为的就是一旦当今圣上哪天问起来,好有个支应。(大声地)如意、百福,你们要给万岁爷好生唱!

如意(念白):奴才知了!

百福(念白,像是含着一丝怒气):知了!

【禄喜侧耳倾听。

禄喜:如意,百福,你们听到枪炮声了吗?

如意:老总管,八旗兵跟洋人在通州打仗,离咱们这儿一百多里地呢。

百福(略带讥讽地):这枪炮声啊,只有您这种耳背的人才听得见。

禄喜:小兔崽子!我耳朵背,可我什么都听得见。

如意(唱):为冤家消得人憔悴,似这般春风拂面桃花红!

百福(念白):啊,姐姐,我若是有半点欺心,就让天上的雷劈了我吧!

如意(嗔怪地):休要胡说!

【如意娇打了百福一下。两个人摆戏曲造型,追逐,同下。

禄喜:今天是咸丰十年八月初八,北京城外的枪炮声响了整整一个时辰。(摇头)这承平了两百多年的北京城,竟然在光天化日之下动起了刀兵!唉,当今圣上自打登基以来,就没有过过消停日子,头一年,长毛子起兵作乱,这两年,又闹起了洋毛子。现如今洋毛子竟一直打到了通州,打到了北京城边上!呸,这些个洋人,真是不懂规矩,这北京城是他们逞能的地方吗?昨个儿,科尔沁亲王僧格林沁扣押了英吉利议和代表巴夏礼一行三十九人。要老奴说,这些个家伙,都该推出午门,"咔嚓"一声,开刀问斩!

【内传来传旨太监的声音:"皇上驾到!迎请!"几把唢呐吹奏《一枝花》。咸丰帝、皇后、懿贵妃、随侍太监、宫女上。禄喜下。

咸丰帝:懿妃,阿哥呢?

懿贵妃:皇上,阿哥跟着奶妈在园子里玩儿呢,要不要差人把他抱来?

咸丰帝:不用了,让他好好玩儿吧。

懿贵妃:皇上,今年的菊花开得可真好。

咸丰帝:是吗?朕倒没怎么注意。

懿贵妃(对皇后):您说呢姐姐?

皇后:我也没怎么注意,花儿还不是该怎么开就怎么开么。

咸丰帝(看花):开得的确不错。(吟咏)不是花中偏爱菊,此花开尽更无花。先皇过去每年到这个时候,都会念这两句。(突然打了个哈欠,随侍太监连忙递上一个绣墩,咸丰帝顺势坐了下来。)

【隐约传来一声炮响。皇后突然捂住胸口。两旁的宫女叫着"皇后",赶紧搀扶皇后。懿贵妃拉住皇后的手。

懿贵妃:姐姐,您不要紧吧?

皇后:我没事,就是有点心口疼。

懿贵妃:姐姐总是这么心重。

皇后:皇上……

咸丰帝:什么事?

皇后:唉,也没什么事。

咸丰帝:有话就直说。

皇后:这些话,原本不该我问,可是,我是说,洋人像牲口一样难对付。咱们抓了他们的人,跟他们开了战,万一他们兽性大发,愣要扛着洋枪洋炮进北京城呢?

咸丰帝(又打了个大哈欠,有点不耐烦):朕已经派僧格林沁等人调集三万八旗兵,务必把洋人击溃,把他们赶到海上去。

懿贵妃:姐姐,天塌不下来,咱们的八旗兵一贯能征善战,洋人统共才有几个人啊。

皇后：可我老是觉得不踏实。要是咱们一时……打不赢呢？

懿贵妃：咱们怎么可能打不赢！

咸丰帝（转向懿贵妃）：噢，这话怎么说？

懿贵妃：洋人劳师远征，粮草不继，单凭这一点，就犯了兵家大忌。

咸丰帝：且去看戏吧。（身体突然打了个晃）哟哟，朕连日焦劳，竟然忘了吃……

【咸丰帝说着话，浑身哆嗦着向后倒去，两旁的太监慌忙把他扶住。

懿贵妃：快，快给皇上拿福寿膏来！

【几个太监迅速行动，或跪或坐，组成一个人形床榻，另有两个太监熟练地伺候咸丰帝吃烟，一个奉烟，一个点火。咸丰帝吃了几口烟，渐渐平复下来。

咸丰帝（长舒了一口气）：都去听戏吧。今天朕要亲自司鼓。这出戏，朕很小的时候跟着先皇听过，这几天不知怎么的，突然想起来了，很想再听一听。

皇后：你们去听吧。我不舒服，我要回去歇一会儿。

懿贵妃（对皇后身边的太监、宫女）：好生伺候皇后回宫歇息！

宫女、太监（同时）：嗻！

【咸丰帝、皇后、懿贵妃等人下。禄喜上。

禄喜：这些个洋人，闹得皇上连个戏都看不安生！这几十年来，老奴亲眼所见，都是万岁爷们体恤夷情，看他们远来辛苦，赏他们一点骨头啃啃。现在，好，他们倒蹬鼻子上脸，得寸进尺了！——在通州带兵打仗的科尔沁亲王僧格林沁和管园大臣来了，他们一定带来了好消息！

【僧格林沁、管园大臣、僧王的侍卫顺子上。

僧格林沁：本王刚从前方回来。那里简直是他妈的活地狱！胖三儿！

顺子：王爷，奴才……奴才是顺子！胖三儿没了……

僧格林沁：我都气糊涂了。咳，胖三儿没了！胖三儿是个形意拳行家，一套劈崩钻炮横，打得虎虎生风，可还没跟洋人打上照面，就被一发炮弹给他妈的炸没了……本王的手下不是不能打，是……是（干咳着说不下去了）……

管园大臣：僧王爷，您顺顺气儿，慢慢说！

顺子（接口）：是没法儿打……

僧格林沁（止住咳嗽，大声地）：是他妈的没法儿打！打这样的仗，简直是在跟魔鬼交手。我的士兵手拿刀枪、弓箭，倒成了洋人的活靶子！

管园大臣：僧王爷，这到底是怎么档子事儿？咱八旗兵还抵不过洋毛子兵吗？

僧格林沁：压根打的就不是同一种仗！本王从来

没有见过一个时辰里死那么多人!

顺子:王爷,奴才可知道什么叫火炮了。我们的弓箭、刀剑、武把子全不管用,这不见面儿接仗算他妈的怎么回子事……

僧格林沁:住嘴!

顺子:嗻!

管园大臣:王爷,太吓人了,这些个话,您最好跟皇上一句也不要提起。

僧格林沁(讽刺地):那您再托付托付我?

管园大臣(认真地):王爷,见了皇上,多磕头,少说话,多说好消息,少说坏消息,免得惹皇上焦心。

僧格林沁(自顾自地):洋毛子忒不仗义,用火炮袭击我!要是近前来,便有他们的好看。本王一人抵得过他们十个!过去打仗,血一点一点流,现在,一个炮弹飞来,几十个人一块儿流血,连战马都哆嗦。本王从不随便夸人,我得说,洋人他妈的不是人!

顺子(飞快接口):洋人不是人,是畜生王八蛋!王爷,奴才要是会说他们的鸟语,奴才就喊:"哈罗,孙子,有本事咱们玩儿撂跤!玩儿射箭!"——姥姥!

【僧格林沁坐下,呼呼喘粗气,顺子在旁边拼命扇扇子,先是因为惊魂未定扇错了方向,后来经僧格林沁的指点才纠正过来。

禄喜:啊,居然吃了败仗!这是怎么话儿说的?大清国能输给洋人吗?(恭亲王上)那边又来了一位。这位爷是恭亲王,皇上的亲兄弟。前两年,皇上拿掉了他的军机大臣。现在,国家有事,皇上又要起用六爷了。

【恭亲王倨傲地走过来,像是根本没有看见僧格林沁等人。禄喜下。

僧格林沁、管园大臣(同时):恭王爷!

恭亲王:(依然不看僧格林沁等人)这不是去年在天津大沽口大败英吉利人的科尔沁王吗?这不是昨儿个在通州扣押了英吉利谈判代表巴夏礼的科尔沁王吗?怎么着?得胜还朝了?

僧格林沁:六爷,不要开玩笑!

恭亲王:我哪儿有心思跟你开玩笑!去年,要不是你们在天津伏击前来换约的洋人,惹怒了他们,京城怎么会有今日之险!

僧格林沁:六爷,您这话说得不公道,我也是奉旨行事!

恭亲王:皇上的谕旨还不是听了你们的奏报才下的!

僧格林沁:六爷,我问心无愧!今天通州八里桥一仗,我打得很苦,洋人的炮弹在陆地上飞得更快,威力更大!有了这些该死的洋枪洋炮,他们一边开枪、开炮,一边说笑,我甚至看见有的混蛋嘴里抽着淡巴菰!

恭亲王(恨恨地对僧格林沁):你们在挑起事端的时候,怎么就没有想到有今天!

管园大臣(像是突然想起了什么,疑惑地):王爷,不都说洋人常年在海上生活,不习惯陆地,一上岸两条腿就屈伸不便,摔倒之后,再也爬不起来了吗?

恭亲王:真是一派胡言!简单一句话,到底是打赢了还是打输了?

僧格林沁:可以说没赢,也可以说没输。

恭亲王:这种片儿汤话你留着说给皇上听吧。皇上呢?

管园大臣:六爷,皇上在听戏……

【二道幕拉开,露出二层的戏台。咸丰帝娴熟地击鼓,指挥乐队。

如意(唱):当初呀,我和你未曾得手的时节,你在我的耳边姐姐又长,姐姐又短,把那甜言蜜语儿来哄我。到如今你才得手的时节,你便远飞高举,这等远举!

百福(念白):哎呀,我这不是去赢取功名吗?

如意(念白):负心的贼啊,可记得你和我在月下星前盟誓的时节?听信你那冤家说道永不改肠,我才和你把那盟誓发。谁想你却是个忘恩薄幸、亏心短命的冤家呀！

【管园大臣情不自禁地随着如意的唱摇头晃脑打节拍。顺子为僧格林沁捶着肩背。恭亲王昂着头，频率很快、不以为然地扇着扇子。

百福(念白，结巴)：姐……姐姐，我也是身不由己！

【咸丰帝突然愤怒地扔掉鼓槌，锣鼓声戛然而止。二道幕落下。

【静场。

恭亲王(低声骂身边的传旨太监)：混账，还不赶快进去禀报！

传旨太监：嘛！

【传旨太监急下。恭亲王摇着纸扇坐下。其他人都焦躁不安地站着。

管园大臣(懵懵懂懂地摇摇头，小声地)：僧王爷，洋人的兵马果真在通州开战了？这、这这这响晴薄日的，我怎么也不能相信……

【内传旨太监："皇上驾到！"咸丰帝在太监们的簇拥下，气哼哼上。禄喜、如意、百福随上。

咸丰帝：朕听的这是什么戏！百福像木桩子似的戳在那儿，念白呆板呆滞、尖团含混，着实可恨！重责二十大板！

传旨太监：重责百福二十大板！钦此！

禄喜、如意、百福(跪地磕头):奴才罪该万死!

咸丰帝:给朕打!狠狠地打!朕最恨那些不好好唱戏的混账东西!

【百福被太监们拉下去。幕后传来打板子的声音,百福压抑的惨叫声。

咸丰帝(平复了一下心情):如意唱得很好,只是唱念过快,以后唱念都要真着些。

如意(与禄喜一起磕头):奴才如意领旨!奴才如意恭祝万岁爷万福金安!

【禄喜、如意下。几个王公大臣上。

恭亲王、僧格林沁、管园大臣、王公大臣等(同时跪倒叩头):臣恭请皇上圣安!

咸丰帝:一切都不能让朕顺心!(并不看僧格林沁)通州情况怎么样了?

僧格林沁:皇上,奴才统领八旗将士与英法联军接仗,人员颇有损伤,洋夷也死伤无算。为皇上安全计,奴才冒死撤军,现将防线布置在安定门、德胜门一带。

咸丰帝:英吉利人、法兰西人现在在什么地方?

僧格林沁:洋人眼下退避在通州张家湾一带喘息。

咸丰帝(生气地):好啊,好!好!昨天,你们对朕说,你们扣押了洋人的主谋巴夏礼,洋人就会主动求和,危惧而退!

僧格林沁:巴夏礼等人在我们手里,洋人还是会有所忌惮……

咸丰帝:通州到这里不过大半天的路程,你们这是要朕做英吉利人、法兰西人的俘虏吗?

僧格林沁:皇上,洋人的军火、粮草在天津,补给尚需时日。奴才以为,皇上还是立刻启程巡幸热河为好!

咸丰帝:三万多人,竟抵不过洋人七八千人,朕真是寒心!

僧格林沁:皇上,奴才回护京师,不过是一次小小的战略退却。依奴才的愚见,英吉利人、法兰西人原本是来换约做买卖的,不是来打仗的,现在重办和局也为时不晚……

管园大臣:皇上,臣以为僧王说得对。洋人全都是势利小人。一旦买卖不顺当,他们就像小狗一样汪汪叫,给他们一点甜头,他们就高兴得摇起尾巴来了……

咸丰帝:从道光二十二年,订立了《南京条约》,所有人都说,这是一个了局,是定了一个"万年和约",洋人得到他们想要得到的利益之后,就会"毒焰自销"。可是这些年,洋人的胃口何曾满足过?你们跟朕说,跟洋人打交道,到底什么时候算是个了局!

【众人垂首不语。

咸丰帝：眼下，洋人已经打到了朕的眼皮子底下，朕的耳朵里满是枪炮声，你们说到底该怎么办？怎么办？

【众人磕头。各种声音：

——皇上！赶快移驾吧！
——皇上，夷情紧急，还是赶快北狩热河吧！
——皇上，战未必胜，不如姑与之和，徐图自强！

【咸丰帝伸出一只手，王公大臣们立刻噤声。

咸丰帝：爱新觉罗家族的天下是从马上得来的，朕虽不好战，可也并不怯战！

僧格林沁：皇上圣明！奴才以为，皇上此时起驾北狩热河，坐镇京北，遥为控制，才是万全之策。

恭亲王（对僧格林沁）：你这么说话，到底是主战还是主和？

僧格林沁：奴才以为，不管是战是和，皇上都应该移驾热河……

咸丰帝（挥手打断僧格林沁）：眼下军情危急，是战是和，如何战，怎样和，你们速速呈上奏折，朕自会定夺！

【咸丰帝向众人摆摆手，恭亲王、僧格林沁及众大臣下。

咸丰帝（对身边随侍的太监，声嘶力竭地）：你们，全都给朕滚！滚！

【随侍太监们下。静场。

咸丰帝：朕,(冷笑)呵呵，朕。这真是一个奇特的称呼。除了朕，没有谁有资格称"朕"。秋天到了，园子里的暑气已经散尽了。今年六月，朕刚过三十万寿，按照常言说的，正当而立之年，年富力强，可是不知怎么的，朕却对任何事情都提不起精神来。朕的气力仿佛在出生之前，就已经耗尽了。朕时常这么想，如果皇祖、皇考遇到朕眼下的境遇又当如何呢？

【禄喜从舞台另一端上。

咸丰帝：守园神，朕又看见你了。

禄喜（跪地磕头）：皇上，奴才是禄喜。

咸丰帝：不，你不是禄喜。朕在梦里见过你。你是圆明园的守园神！

禄喜：皇上这么一说，奴才也糊涂了。

咸丰帝：一年前，朕梦见一个白发老人跪在朕的面前,(指着禄喜)就是你这副模样。朕问你，你是谁，你说你是圆明园的守园神，是来向朕辞官的。朕问你，这些年你并无过失，为什么突然要辞官？你说，世道乱了，你弹压不住这个园子了。你跟朕说实话，这件事是不是要应在今日了？

禄喜:皇上,圆明园是雍正爷、乾隆爷多年苦心经营的家,列祖列宗会保佑它平安无事的。

咸丰帝:不错,这是朕的家,(指着布景里的一座建筑)朕就出生在那边的慎德堂里。可是朕如今在自己的家里睡不好觉了。听,这园子里有多安静,可朕的脑袋里一直在交战,朕的脑袋里一直杀声震天。你告诉朕,你现在官至几品?

禄喜:皇上,奴才早应该告老了。

咸丰帝(果决地):守园的老人家,朕加封你为二品总管,你要好好看护这个园子,好好体察朕的心思!

禄喜:奴才谢皇上!奴才祝皇上万福金安!

【禄喜躬身退下。

【咸丰帝伫立在舞台上。幕后,隐约传来嘈乱的人声和一阵枪炮声。咸丰帝掏出一只精致的小酒壶,仰头喝了一大口。

咸丰帝:列祖列宗,洋人兵临城下,兵临城下了!

【灯光渐暗。

——幕落

第二场

出场人物:禄喜、如意、百福、李不伦。

【这是禄喜位于圆明园附近的宅院。背景是一幢花园房子,舞台上铺着一块红氍毹,供伶人练功之用。百福俯卧在一条长凳上,如意在给他敷药、包扎。长凳旁边放着一个系好的包袱。

百福:哎哟,哎哟,我的屁股!这顿打,挨得真不是时候!

如意:还疼吗?

百福:疼!今天是大清国跟洋人开战的日子。万岁爷不点谈忠说孝的戏,倒让咱们唱一出打情骂俏的侉戏!哎哟!

如意:这出戏讲的是家长里短,男欢女爱,叫作

《太平之音》，图的是吉利。

百福：我看一点也不吉利，我挨了顿打才是真的！——（压低声音）皇上今天喝酒了，你闻到酒味儿了吗？

如意：闻到了。

百福（如意给百福包扎，百福疼得又叫起来）：今天这顿打，都怪洋人，万岁爷把对洋人的火都发到我身上了！

【百福挣扎着坐起来。

如意：你别动！

百福：我得试试，看还能不能走长道！

如意（在唇边竖起食指，小声地）：嘘——百福哥，我看咱们还是别逃了吧，万一给逮着了，可是死罪，老总管也得跟着受连累……

百福：非逃不可！在这儿活受罪，还不如死了的好！——妈的，洋人也跟着裹乱！（试着抬腿）哎哟！

【禄喜在幕后咳嗽了一声。如意赶紧把包袱藏到一个角落里去。

【禄喜上。如意慌忙施礼，百福也挣扎着施礼。

如意、百福（同时）：老总管吉祥！

禄喜：你们刚才在说什么？

如意：我们没说什么呀。

百福：我们默戏来着！

禄喜:我耳朵聋,可是,有些话,我总是听得见。百福,把手给我伸出来。

【百福伸出手。禄喜拿起板子,一下一下重重地打百福的手心。百福忍着不说话。

如意:老总管,您就饶了他吧,他已经挨了一顿打了!

禄喜:你们要记住,你们不可妄议国家大事,这是杀头的罪过!当年,雍正爷的时候,雍正爷看完戏后赏伶人吃食。席间,扮演常州刺史的伶人随口问:"不知现在的常州刺史是谁?"雍正爷登时龙颜大怒,呵斥说:"你一个优伶贱辈,竟敢问起官员的事来?这种风气断不可长!"结果……

百福:结果怎么样——

【禄喜又在百福的手心里重重打了一下。

百福(痛叫):哎哟!

如意:老总管,结果怎么样?

禄喜:那个不懂规矩的,当即被拉出去,死在棍棒之下!

如意(小声嘟囔):我们伶人难道就不是人吗?

禄喜(对如意):如意,你嘟囔什么,掌嘴!

如意(委屈地):老总管,我可什么也没说呀!

禄喜:等我亲自动手是不是?

【如意虚打了自己一个嘴巴。

禄喜：你们要知道，给皇家做一名伶人，是一件体面的事。我们这些人净身入宫，虽然都是因为家里穷，可说到底也是跟皇家有缘分。（停顿）这宫里上上下下就是一台戏，唱得好，得宠；唱得不好，受气挨打。百福，今天你出了错，不是自己招打吗？

百福：我也不知道怎么了，我偷偷瞧了皇上一眼，发现皇上像是在司鼓，又像是在发呆，我就一下子走了神儿！

禄喜：给万岁爷当差，必须打起万分精神！不是谁都有机会给皇上唱戏的，能给皇上唱戏，相当于金榜题名。以后的日子，只要你们尽心尽力，总会有个好结果。将来等你们混好了，回到家乡，到净身师那里把自己的命根子风风光光赎回来，也算是光宗耀祖，荣归故里。

如意：老总管，我做梦都想回家呢。

百福（嘟囔）：我可不想，我恨我那个家，恨他们把我送到这里来！

禄喜：我们这种人，一辈子最荣耀的事情，就是把命根子赎回来，在父老乡亲们面前，把爹给的骨头、娘给的肉，迎请回家，重新做个全乎人。

【外面传来一阵纷乱的吵闹声。内有喊声："僧王爷在通州吃了败仗了！""赶快逃命吧，京城有大难了！"】

禄喜(对如意):如意,你去看看,外面是怎么回事!

百福(一拐一瘸地):我也去!

【李不伦身穿破旧的长衫,春风满面,上。

李不伦:京城依旧草青青,孰料天下起刀兵!哈,哈,这样的好日子,真值得连喝几天大酒!简直就应该杯不离手!

【百福冲李不伦做了个发狠的动作。如意、百福欲下。

李不伦:如意!

如意(站住脚):啊,李先生!多日不见!

百福:什么李先生!李不伦,李疯子!

李不伦(从衣袖里摸出一块怀表):如意,瞧这个,给你的!

如意:洋人的玩意儿我可不要,您还是自己个儿留着吧!

李不伦(收起怀表,又从怀里掏出一叠文稿):这个保证你喜欢!如意,这出戏,是我新写的,可以说,是给你量身定做的!

如意:啊,一出新戏,太好了!李先生,快给我瞧瞧!

【李不伦故意把文稿举高,引诱如意来抢。

如意:李先生,快给我嘛!

【如意去接李不伦手中的东西,李不伦趁机摩挲如意的手,摸到的却是百福暗中递过来的手。

李不伦(无限怜爱地):这小手,简直就是一个小姑娘的手,简直比小姑娘还滑嫩!

百福(假扮如意的声音):李先生,您弄疼我了!

李不伦(触电似的甩开百福的手):呸,你这个煞风景的蠢东西!同样是升平署的伶人,居然长成这么一块粗俗的黑炭,真是造化弄人!

百福:我长得再不济,也比你这酸豆角儿强!

如意(走到一旁,急切地翻稿子):太好了,谢谢您,李先生!

百福:快走吧,甭理这个老疯子!土地爷放屁——他还神气了!

【如意下,百福一瘸一拐跟下。

李不伦(盯着如意的背影,摇头赞叹):这个小如意,越长越有味道,可真招人疼!谁能想得到,他居然是一个太监!这个荒唐的世界,竟然用这样一种方式造就了一个温如玉、洁如冰的人物!

禄喜:你居然还有脸到这儿来!

李不伦:老爷子,我好歹是您领养的干儿子,这儿好歹是我的半个家,我怎么不能来!

禄喜:一年前,你偷了我的钱走的时候,可没把这儿当自个儿的家。

李不伦：我不过借您的钱用一用，我是留了借据的。

禄喜：钱都糟完了是不是？像你这种人，没有在大街上饿死，真是怪事儿！

李不伦：像我这种学富五车的人都要被饿死，说明这世道太坏！

禄喜：呸，你连一篇像样的八股文都做不出来，还有脸往出说！

李不伦：那是我不屑做！老实说，我这辈子干的最恶心的事，就是下过两次科场！

禄喜：你这就叫吃不着葡萄说葡萄酸。前年，我托人求情，好不容易把你送到恭王爷的府上当差，你倒好，没待半年，自己卷铺盖走了！恭王府那是什么地方？那是一步登天的地方！

李不伦：我可不想在那儿尸位素餐，给他们当狗、充门面！您瞧瞧如今市面上得意的都是些什么人？今天在通州吃败仗的大学士瑞麟，就因为嗓门大，祝词念得洪亮，一路高升当上了大学士！真是十年寒窗苦，不如一声嚎！

禄喜：你这半辈子，正经事一点不干，倒学会了什么英吉利文，那鸟语是人说的吗？真是丢祖宗的脸。

李不伦：老爷子，要想看明白如今这世道，很需要另外一种语言。

禄喜：你今天到我这儿来，到底要干什么？

李不伦（从衣袖里拿出几张银票）：我李不伦可不想欠谁的钱！呶，这是还您的，是我借您那笔钱的双倍！

禄喜：你用不着在我面前摆阔！到了我这个年纪，钱就是个屁！这钱我不要了，你快给我走，不要让我再看到你！

【百福、如意上。

百福：老总管，不好了！

禄喜：慌什么？有话慢慢说！

如意：老总管，我们听人家说，皇上要到热河去了！

百福：皇帝临阵离开，这不等于"歪"老将，等于局势危了吗？

禄喜：胡扯！老话说，天子守国门，皇上在这个时候，是决不会离开京城的！

李不伦：他不离开才怪！

百福：街上都炸了锅了！当官的和大户人家都备了车马，准备出城避难去了！

如意：街上的商铺也都歇业了，铺子里的烧饼、火烧全都卖光了！

李不伦（大笑）：哈哈，洋人兵临城下，皇上头一个要逃跑,还美其名曰:坐镇京北,遥为控制。真是笑死个人! 哈,哈,哈哈哈!

禄喜:你这叫幸灾乐祸! 你这个无父无君的孽种!

李不伦:老爷子,用不着为了别人的事儿动肝火。局势坏到今天这个地步,纯粹是皇家自作自受!

如意:李先生,洋人为什么非要面见皇上不可? 为什么又平白无故开了仗?

李不伦:如意,我就喜欢听你说话,你的声音又温柔,又清亮,真像仙乐一般。老实说,洋人本来是来找大清皇帝换约的,只有他签字,条约才生效。不成想,咸丰皇帝指使僧格林沁扣押了洋人的谈判代表,双方这才开了仗!

如意:洋人为什么非要在咱北京城派驻公使不可?

李不伦:咳,各国互派公使,平等互惠,如今已经是国际惯例。

禄喜:呸! 什么狗屁国际惯例! 洋人见了万岁爷只有磕头的份儿。让他们住在京城,那不成了华夷杂处了吗?

百福:洋人不算人。他们说的话根本就不是人话!

李不伦:洋人的洋话难懂,可是他们的道理最简单明白。Everyone is born equal, this is not identified self-evident truths!

如意：李先生，这句洋话是什么意思？

李不伦：人人生而平等，这是不辨自明的真理。

禄喜：听听，这是人话吗？你能跟你爸爸平等吗？没有你爸爸，能有你这么个人吗？没有皇上，天下的老百姓还能活吗？

如意：人人生而平等，这是不辨自明的真理……

百福：如意，甭听他胡扯！

李不伦：皇家当然不愿意人人平等。可你们诸位，还有在下，我们都是人，是和他们一样的人！（又传来一阵枪炮声）啊，今天这枪炮听着可真痛快，真脆生！

百福：哼，洋人要是敢来，老子就跟他们拼了！

李不伦（对百福）：你就是有三头六臂，也铁定敌不过洋人的枪炮！

百福：你少长洋人的威风！老子还不信这个邪了！

禄喜（喟叹）：天底下没有过不去的坎儿。我活了七十多岁了，从乾隆爷到当今万岁爷，我什么没有经历过？我这辈子就看透了一条：只要皇上在，只要真龙天子在，一切都会逢凶化吉。

李不伦：老爷子，世界上没有什么真龙天子。当今皇上不过是一个被阿谀话惯坏了的、狂妄自大的年轻人,一个被醇酒、妇人掏空了身体的病秧子。人们听了这个病秧子的话,结果只有这两样——割地和赔款!

禄喜:嘿,兔崽子,我看你是不想活了!

【李不伦把如意拉到一边。

如意(挣脱李不伦的手):李先生,您干吗呀!有话就请明说!

李不伦:如意,世道乱了,你跟我走吧,跟我离开这个该死的、不把人当人的升平署,我保证你以后能好好唱戏,唱好戏。保证你能大红大紫!

百福:李疯子,你要是敢拐走如意,我跟你玩儿命!

禄喜:告诉你李不伦,你要是敢动如意一个手指头,你的脑袋就得落地!

李不伦:老爷子!您这话,放过去我还会想那么一想,现在,连耳旁风都不如!(对如意)如意,你好好想想,想通了就给我个信,我一准儿来接你!

如意:李先生,您这是在说什么呀!

百福:呸!李疯子,我现在就能把你打开花儿你信不信?

禄喜:快滚吧,就当我从来没有过你这么个干儿子!

李不伦：您就是不赶我，我也要走，我有公务在身！（对如意）如意，回见。（对禄喜）老爷子，古德儿白！（唱）平生志气运未通，似蛟龙困在浅水中……

【李不伦下。

百福（对着李不伦的背影）：滚，滚得越远越好！

如意：老总管，皇上要是真走了，咱们可怎么办呀？

禄喜：甭担心，皇上会把一切都安排好的。

【外面传来吵闹声和车马声。突然静场。

【咸丰帝上。咸丰帝喝醉了酒，激越地敲鼓。灯光渐渐转暗。

——幕落

第三场

出场人物：禄喜、咸丰帝、恭亲王、皇后、懿贵妃、如意、百福。

【1860年9月22日。圆明园安佑宫。背景是清历代皇帝的画像。

【禄喜上。

禄喜：这儿是圆明园的安佑宫，是皇家的祖庙。每当年节，每当国家有事，皇上都要到这里来拜祭。这一回，皇上当真要离开北京城，离开圆明园了！（停顿）当今圣上哪里见过刀枪。圣上当皇子的时候，有一年骑马摔断了腿，他就再也不喜欢这些舞枪弄棒的事情了。可他是个司鼓的行家，连我们这些苦练了多年的伶人都不如他。

【咸丰帝、恭亲王上。咸丰帝跪倒在列祖列宗的画像前,恭亲王也跟着跪下。

【禄喜下。咸丰帝长跪不起,半天沉默不语。

咸丰帝:六弟,朕这一去,不知道什么才能回来。

恭亲王:皇上不必忧虑。臣以为,英吉利、法兰西人来我上国,无非是为了获利。等换了和约,他们自会退走。

【咸丰帝站起身。恭亲王跟着站起。

咸丰帝:朕现在经常想起小时候的事。那时候,每天凌晨,我们兄弟几个一起打着灯笼到上书房去,读书习字。

恭亲王:臣自小懵懂无知,不及皇上之万一。

咸丰帝:你说的不是实情,实情也许恰恰相反。

恭亲王:皇上神武天授,睿智圣明……

咸丰帝:六弟,你知道,当年朕坐这个位子,是先皇掷色子的结果。

恭亲王(立刻伏地叩头):皇上这么说折杀微臣了。皇上圣明,臣罪该万死……

咸丰帝:起来吧。朕接手的是一个危机四伏的帝国。十年了,朕似乎拥有一切权力,朕现在才明白,朕的权力仅限于后宫。王公大臣们奏折上说的是一套,实情却是另外一套。今天,朕不得不离开北京就是明证。

恭亲王：皇上此番出都，是御驾亲征……

咸丰帝：你不用宽慰朕。朕知道这究竟是怎么一回事。朕眼睁睁看着洋人打到了自己的家门口。这真是奇耻大辱。

恭亲王：臣以为，眼下最要紧的是化解危机。洋人的事，最终不过金帛议和，南方的洪秀全之乱才是天下安危所系！

咸丰帝：啊，朕要离开京城了。朕该向列祖列宗祈祷些什么？

恭亲王：皇上请宽心，京城的一切有微臣在，臣就是肝脑涂地，也要保全我大清国的体面。

咸丰帝(沉吟了一会儿)：你要知道，朕派你留守京城与洋人照会，实在是万不得已。如若谈不成，又一时打不赢，你要及时全身而退，到热河来与朕会合。记住了吗？

恭亲王(悲从中来，一时哽咽)：哥，我记住了……

【咸丰帝拍了一下恭亲王的肩背，缓下。

【内传出各种声音：

——走不得呀皇上！眼下国家社稷，正赖皇上维系人望！

——洋人兵临城下，皇上此时移驾，人心必然大乱哪！

——皇上……皇上……皇上！

【皇后、懿贵妃上。

皇后：皇上是要御驾亲征，又不是避难。这些个大臣，怎么就不能体恤皇上的心。

懿贵妃：这些沽名钓誉、好名无实的人，实在可厌！如今我们打也打得，走也走得，回也回得，谁敢说个不字！

恭亲王（叩头）：臣恭请皇后、懿贵妃圣安！

懿贵妃：六爷您说，万岁爷早就定了要巡幸热河，总不能为了一些混账洋人改变行程吧？再说，皇上在热河一样可以统领全局。

恭亲王：是！臣每天都会派最快的马，把京城的消息送到热河，奏报皇上！

皇后：六爷，你是皇上最信得过的人，你一定要好好帮帮皇上，皇上的身体……

恭亲王：皇上怎么了？

懿贵妃（轻轻打断皇后）：皇上好得很。姐姐是说，皇上是万乘之躯，历来只召见外国前来朝贡的使臣，怎么能接见城外这些不懂规矩的丑夷，接受他们递交的什么国书呢？

恭亲王：皇后、懿贵妃说得是。

皇后：唉，算了吧妹妹，爷们儿的事儿，咱们娘们儿还是少插嘴吧。

懿贵妃：姐姐，您平时是怎么开导我的？人分爷们儿、娘们儿，道理可不分爷们儿、娘们儿。（转向恭亲王）六爷，皇上总是夸你有干才，时下我们皇家正需要干才。六爷是皇上的亲兄弟，这家里的事不指望你，又指望谁呢？

恭亲王：请皇后、懿贵妃宽心！微臣不敢不尽职尽责！

皇后：六爷自己也要当心才是。

懿贵妃：圣天子有百灵相助，别说城外来了几个洋毛子，就是出了天大的事，也一定会化险为夷！

【传旨太监从舞台右方上：恭亲王奕䜣听旨：着恭亲王奕䜣为钦差，便宜行事全权大臣，督办和局！钦此！

恭亲王（跪地）：臣遵旨！（起身，向皇后、懿贵妃行礼）皇后、懿贵妃，微臣告退了。

【恭亲王起身，一边退走，一边擦拭额头上的汗。咸丰帝上。

皇后、懿贵妃：皇上！

咸丰帝（环视着列祖列宗的画像）：嗳，朕还从来没有离开过这里！

皇后：皇上，我听说，洋人怕冷，他们不会在这儿待到冬天的。等他们一败退，我们就可以回来了。

懿贵妃：姐姐说得对。等皇上回来，这京城里的一切都还会是原样儿，这儿永远是咱们的家！

咸丰帝：起驾的时辰快到了，你们快去准备吧。

皇后、懿贵妃：是，皇上。

【皇后、懿贵妃下。

【静场。禄喜从舞台另一侧上。

咸丰帝：守园的老人家，你说，朕是留在圆明园好，还是北狩热河好？

禄喜：奴才以为，皇上留在圆明园也好，北狩热河也好。各有各的好。

咸丰帝：朕一点也不愿意离开这个园子。你都看到了，朕从即位以来，没有过过一天松心的日子。

禄喜：皇上日夜为国事操劳，列祖列宗都看在眼里。

咸丰帝：自从朕坐上了这个大位，朕就像是坐在了一个大火盆上。先祖的荣光，朕一样儿也没有光大。每每想到先祖，朕心里只有惭愧。老人家，你知不知道，英吉利在哪儿？法兰西在哪儿？

禄喜：老奴听说，它们在太阳西沉的地方。

咸丰帝：是啊，它们远在天边，可它们却像怨鬼一样缠着朕不放。

禄喜（赔着小心）：皇上为什么不肯跟他们谈谈呢？

咸丰帝：蛮夷外邦不能跟大清国的皇帝平起平坐，这是祖宗的家法，朕必须恪守。(停顿)老人家，自打圆明园建成之日起，您就在这个园子里。依您看，朕比先皇们如何？

禄喜：万岁爷宅心仁厚，是一代英主。

咸丰帝(摇头)：朕却认为自己是一代苦主。自从朕登基那天起，天下就没有太平过。一切都在无可挽回地变坏。朕就像陀螺一样生活在这个园子里，一天到晚，忙着看奏折、批奏折，这园子里的一切，鸟儿起落，花叶荣枯，似乎都与朕无关。可来自帝国四面八方的消息，却越来越使朕焦心。朕的每一个命令都像是一滴水掉进了河里。朕唯一能做的事就是撤官、封官，封官、撤官。

禄喜：皇上，老奴斗胆进一言。老奴听说，洋人都是条约的奴隶，一旦订立了条约，他们就会严守条约，老奴还听说互派公使已是万国的通例……

咸丰帝(打断禄喜)：朕是决不会遵从他们的规矩的！(停顿)老人家，你没有辞官，朕却要先走了。朕拜托你好生看护这个园子。

禄喜：奴才叨蒙豢养，深荷天恩。等四海荡平之日，老奴定会率领升平署，连演几台大戏，为皇上祝捷！

咸丰帝：朕现在需要的是一支能打胜仗的军队，

而不是一群能唱戏的梨园弟子。——可是,戏,是多么暖人的东西呀!嗳、嗳、嗳!

【咸丰帝下。静场。

【幕后突然传来传旨太监的声音:"吉时已到!皇上起驾了!"禄喜退到舞台一角,如意、百福上,站在禄喜身边。

【恭亲王、管园大臣等人上,在舞台另一角跪送咸丰帝一行。

各种声音:

——臣等恭送皇上御驾亲征!
——臣等恭祝皇上早日得胜还朝!
——吾皇万岁,万岁,万万岁!

【低沉的鼓声响起。咸丰帝、皇后、懿贵妃等一行沿着福海,缓缓地走着。

咸丰帝:今天是什么日子?

皇后:皇上,今天是秋分。

咸丰帝(沉吟):啊,燕将今日去,秋向此时分!

【背景幕布上,一片片菊花花瓣旋转飘落,鸟儿忧伤鸣叫。

咸丰帝:朕想起杜子美的那句诗了,多么应景!

那两句诗是怎么说的?

【人们都沉默地走着,无人接口。咸丰帝边走边摇头。

一个太监(小声地):感时花溅泪,恨别鸟惊心……

懿贵妃(扇接话太监的耳光,低声恨道):没规矩的东西!

【咸丰帝站在福海边,驻足看水。众人也都停了下来。之后,一行人又继续默默前行。

【一个童稚的声音突然响起:"安乐渡,安乐渡!"

禄喜(悲从中来):啊呀,这是大阿哥的声音!

咸丰帝(在下场口,悲怆地):儿啊,打今儿起,再也没有什么安乐了!

懿贵妃:儿子,跟阿玛说,我们很快就会回来啦!

【童稚的声音:"阿玛,我们很快就会回来啦……"

恭亲王等(高喊):皇上吉祥!皇上吉祥……

【咸丰帝一行缓下。恭亲王等人挥泪同下。

禄喜:啊,安乐渡!平常的太平日子,每当万岁爷在福海里泛舟,岸上的宫人们就会一递一声呼唤:"安乐渡!安乐渡!"四岁的大阿哥也跟着这么喊。可这几个字,今天听起来,该有多么难过,多么悲哀!

如意:老总管,皇上这是真的离开了吗?

禄喜(像是在喃喃自语):大清国的人有福了,这是万岁爷御驾亲征……

【内再次传出童声:"安乐渡!安乐渡!"

【禄喜慢慢站起身来。如意、百福也跟着站了起来。

禄喜(大声地):安——乐——渡!

【静场。幕后突然传来嘈杂的人声。

【舞台上,各色人等蜂拥而上,有拉车的,有徒步的,有官员,有百姓,有老人,也有年轻人和孩子。人们边跑边喊:"皇上起驾到热河去了,京城有大难了!""洋毛子要来啦,快逃命吧!""洋人要攻打京城啦!"

【灯光渐渐转暗。

——幕落

第四场

出场人物：禄喜、如意、百福、僧格林沁、顺子、李不伦、管园大臣。

【1860年10月6日。禄喜的宅院。

【幕启时，禄喜背对舞台，小心地擦拭着墙上的一块镶着金框的匾。

禄喜：这块匾，是咸丰七年，万岁爷亲自题写的。(念匾上的字)声声箫管奏云璈，优孟衣冠兴致豪。淑性怡情归大雅，升平乐事最为高。这是对我们升平署的最大恩赏。(把匾扶扶正，转过身来，走到前台)今天，科尔沁亲王与英吉利、法兰西人又开战了。从上次开战到现在，整整半个月过去了。僧王秣马厉兵，一定会取得大捷，奏报热河督战的万岁爷。等这场仗打完,万岁爷就该回来了。

【禄喜蹒跚下。百福、如意上。

百福:如意!

如意(正拿着文稿看):啊,怎么?

百福:都什么时候了,你还有心琢磨戏!

如意:老总管说过,戏比天大,什么时候,都不能忘了戏。你听,(念白)士悲秋色女悲春,两种滋味,一样断肠人……李先生写得可真好!

百福:写得再好,他也是个王八蛋!如意,(看看周围,压低声音)今天又开战了,我想今天就走!再晚,咱们恐怕就走不成了!

如意:你的伤怎么样?

百福(打了个飞脚):全好利索了!只要趁乱逃出这里,以后谁也找不着咱们!

如意:嗯,百福哥,我听你的!东西我早都收拾好了!

【禄喜上。

禄喜:你们两个喊喊喳喳胡说些什么?快好好练功!

【如意、百福立刻分开,开始踢腿、下腰,做各种戏曲动作。

禄喜:等万岁爷从热河回来,一定会有连台的大戏,到时候,就该你们好好露脸了。

【幕后突然传来车马声、鼓声和刺耳的枪炮声。

禄喜：百福，快去看看外面是怎么回事！

百福：嘛！

【百福急下。

禄喜：如意，昨天我讲到哪儿了？

如意：您说，本朝是以昆乱开天，所以歌舞之事最为繁盛。

禄喜：唔，本朝的天子是最懂戏的。康熙爷、雍正爷、乾隆爷、嘉庆爷、道光爷都曾亲自修订戏本，亲自选角儿排戏，真真称得上是太平盛世……

【外面又传来几声枪响。

如意（突然想起了什么，仰头看天）：老总管，我听人家说，这些天，京城西北方向出现了一颗长尾巴的扫把星。

禄喜：是啊，（指着天上）就在那儿。这颗扫把星出现在今年七月，这是兵戈之象，是天意。远道而来的英吉利、法兰西人，注定是要客死他乡。想想洋人也怪可怜的，为了做个买卖，穷兵黩武，何苦来呢？

如意：老总管，洋人为什么不肯给万岁爷磕头？

禄喜：要不怎么叫蛮夷呢？乾隆爷的时候，英吉利使臣马戛尔尼就为磕头的事儿争执过，可见了乾隆爷，还不是双腿一软跪了下去！嘉庆爷的时候，新任的英吉利使臣又不肯磕头，结果被嘉庆爷一声令下,赶了出去!道光爷的时候,道光爷菩萨心肠,特别开放了几个地方,允许他们做买卖,这下给了他们脸了。

如意:磕头有那么要紧吗?

禄喜:当然要紧,这是老祖宗传下来的规矩!不给皇上磕头,我们长膝盖做什么?洋人也不能例外。(倾听)如意,你仔细听听,枪声是从哪里传来的?是东边还是北边?

如意(慢慢转着身子,静听了一会儿):枪声的方向一直在变。一会儿东边,一会儿北边,一会儿南边。

禄喜:嗳,不管枪声怎么变,洋人都是死路一条。

如意:老总管,洋人到底长什么样儿?

禄喜:洋人啊,都是鹰钩鼻子鹞子眼,都跟鬼一样吓人,一看就是一些不懂规矩的混账东西!——如意,上午的时候你说洋人到哪儿了?

如意:上午,洋人们到了安定门。僧王爷往咱们这边撤过来了。

禄喜:这就对了。这是僧王爷在给洋人们做的局。前些天僧王爷用的是"欲擒故纵",今天这一招,叫作"关门捉贼"。等着瞧吧,僧王爷马上就要反攻了,洋人们该用他们的鸟语哭爹喊娘了。

如意:老总管,僧王爷一定能打赢的,对吗?

禄喜:那是当然。僧王爷是最擅长打仗的。咸丰三年,洪秀全派长毛子向北京发兵,一直打到了定州。皇上派僧王爷一出马,不出一年,就把长毛子全都赶到了黄河以南。

【禄喜拿出一把香,如意帮忙把香点上。

禄喜:这炷香是早些年道光爷赏赐给我的,一定会给咱们带来好运。

【百福急上,脸上带着血迹。

百福:老总管!不好了,洋人打过来啦!

禄喜:你这孩子,总是这么毛毛躁躁。是不是科尔沁亲王把洋人打得逃到这里来了?

百福:不,不是!是洋人列队往圆明园这边来了!

如意(惊呼):百福哥,你流血了!

百福(摸了一下头脸):没事儿,被流弹擦破点儿皮,一点也不疼!

【如意迅速找出一条白布给百福包扎起来。

禄喜:百福,你看清楚了?洋人来圆明园干什么?

百福:我看得一清二楚,走在最前面的是穿着洋人军服的土匪和无赖,是他们带路,把洋人引到圆明园这边来了!

禄喜:这些吃里爬外的混蛋!僧王爷的兵现在在哪儿?

百福:别提僧王爷了,僧王爷的兵早都当了逃兵!我听逃兵们说,他们在安定门、德胜门一带跟洋人接仗,仗还没打,大嗓门的瑞麟瑞大学士就骑马跑了!士兵们一见主帅跑了,也都一哄而散。后面,僧王爷的兵也都跟着一哄而散了!

禄喜:这是怎么话说的!(突然想起了什么)恭亲王不是在园子里吗?

百福:咳,一听说洋人往这边来了,恭亲王带着护卫军和一帮王公大臣早都离开园子,往碧云寺方向去了!

禄喜:这唱的到底是哪一出?百福,园子里现在还有多少人?

百福:里边就剩下管园大臣和二十几个技勇太监。

禄喜:那统共才有几个人!

百福:洋人说话就要到圆明园了。老总管,您说怎么办?

禄喜(思谋了片刻):园子是不会出事的。圆明园是有规矩的地方,洋人也是人,他们也得遵守咱们的规矩不是?

【一阵枪声响起。

百福:枪声越来越近了!老总管,我要到园子里去!

【如意倒了一杯水,递给百福。百福"咕咚咕咚"大口喝水。

百福：如意，你等我回来！

如意：百福哥，我要跟你一起去！

禄喜：我也去，咱们爷儿仨一块儿去！

【禄喜站起身，突然摇晃了一下，摔倒在地。

如意：老总管！

【如意和百福把禄喜扶起来。

如意：老总管，您没事吧？

禄喜（佝偻着腰挣扎着往外走）：快走，孩子们，我没事！

百福：老总管，来不及了！如意，你在这儿照顾老总管，我一个人去！

禄喜（弓着腰）：也好！百福，快去吧，你跟洋人们好好说说，说什么也不能让他们进万岁爷的圆明园！

百福：知道了，老总管！

【百福从兵器架上抄起一根演戏用的蜡木棍。

如意：百福哥，等一等！

【如意把脖子里的一个小项坠儿摘下来，戴在百福的脖子上。

如意：百福哥，你要快点回来！

百福：知道了！（停顿，使劲握了一下如意的手）你就在这里等我！

【如意使劲点点头。百福还想说什么，没有说出口，狠狠心，急下。

如意(大声地):百福哥,你要小心点儿,小心点儿!

【百福在幕后答应:"哎!"如意扶着禄喜坐在椅子上。

禄喜:圆明园是皇家的禁苑,平时,你就是多看一眼,都是大不敬的罪过!

如意:老总管,圆明园里统共只有那么几个人,这不成了《空城计》了吗?

【内又传出一阵枪声。僧格林沁、顺子及其他护卫急上。

僧格林沁:什么是好奴才?一个好奴才就要忠心耿耿、英勇无畏,而不是贪生怕死、临阵脱逃!本王平时把他们都惯坏了!本王真要被他们气死了!胖三儿!

顺子:王爷,您又忘了,胖三儿前些日子殉国了!

僧格林沁:嘿,本王的兵都四散了。这简直是一场叛乱。等事情平息了,本王要大开杀戒,要杀一些人的头,要开除所有逃兵的军籍!

禄喜(在如意的帮扶下勉强站起来):僧王爷!您怎么到这儿来了?

僧格林沁:嘿!(大模大样地打横往椅子上一坐)本王现在是光杆僧王!本王的兵全都不知道哪儿去了!本王简直要气死!

禄喜:僧王爷,听说洋人奔皇上的圆明园去了!

僧格林沁:这些个洋毛子,他们到圆明园去干什么?那里不是打仗的地方!

禄喜:僧王,您赶快想想辙吧。洋毛子要是闯进了圆明园,那可怎么得了!

僧格林沁:谅他们不敢!洋毛子是去找皇上换约的,他们一看皇上不在圆明园,也就该撤兵了。要打仗,他们找的是我,是本王,他们现在最想要的是本王的脑袋!

顺子:王爷,那不能!

僧格林沁:本王从来就没有惧过洋人!顺子,你跟老总管说说,本王前些日子是怎么擒拿巴夏礼的!

顺子:巴夏礼那个洋杂种,狂悖之极,跟王爷谈了五六个时辰,一直叨着"亲递国书,立而不跪"八个字不松嘴。还说:"(洋腔洋调)我是英吉利女王的臣民,为什么要给你们的皇上磕头?"王爷您再也搂不住火了,您一把揪住巴夏礼的脖领子,就这么一拧,一背,一摔,啪!给他来了个大窝脖儿!王爷您摁着巴夏礼的脑袋说:"你不磕,本王现在就让你磕!让你磕个心服口服!"最后王爷您下令把巴夏礼等一干人全都扣下,全都押往刑部大牢!

禄喜(赔着小心,焦急地):僧王爷,您老人家还是赶快带人到园子里去吧,晚了恐怕就来不及了!

僧格林沁(摇摇手):本王带人这一去,反而会引起新的事端。本王不是怕他们,本王是秉承了皇上的旨意,要办和局!

【又一阵枪响。外面有人喊:"洋人进了圆明园了!赶快逃命吧!"

顺子:王爷!您老人家还是赶紧离开这里吧!

僧格林沁:本王并不怕他们!顺子,让老总管给本王找一套合身的衣服!

顺子:老总管,您请!

禄喜:嘛!

【禄喜叹了口气。如意搀扶着禄喜,一瘸一拐下。

僧格林沁:顺子,你在战场上学到了什么?谁能打胜仗?是枪法好的,还是刀法好的?

顺子:王爷,是命大的!

僧格林沁:唉!本王这辈子,就从来没有这么窝囊过!

顺子:王爷,等咱们有了快枪、快船,咱们也他妈的打到英吉利、法兰西去!

僧格林沁:哼,早晚有那么一天!

【禄喜捧着一套衣服,和如意重上。

禄喜:王爷,这是一套没有上过身的衣服,您老人家委屈了!

【顺子迅速帮僧格林沁脱下衣服,换上了禄喜的衣服。

顺子:王爷,这衣服不合身,有点小。

僧格林沁(使劲晃晃膀子):嘿,大丈夫能屈能伸。这不过是一次小小的战略退却!老总管,本王走了!(高声地)本王还不信了!洋毛子就是进了城,换了约,不就是为了捞点银子,讨点荒地,做点买卖吗?又能怎么地!怎么地!

【僧格林沁、顺子等人急下。

禄喜:这,这……咳!

【静场。禄喜和如意双手合十,向天祷告。幕后响起一阵"乒乒乓乓"的枪声,随后静了下来。

如意:老总管,您说,百福哥不会有事吧?

禄喜:不会的。

如意(急得双手紧握):是啊,百福哥戴上了我的护身符,不会有事的!——可这天儿都要黑了,他怎么还不回来,真急死人了!

【如意听到了什么动静,急忙起身。

如意:百福哥!是你吗?

【李不伦身穿西装,头戴礼帽上。

李不伦:如意,是我!

如意(失望地):嗳,是您啊,李先生。

李不伦:是我,我的好如意。

禄喜：哪股妖风把这个丧门星刮来了！

李不伦：不瞒您说，老爷子，我现在是英吉利人的舌人、翻译！我这个丧门星是跟英吉利人一块儿来的。

禄喜：怪不得突然阔起来了，原来是给洋人当上差了！瞧这身打扮，呸！

如意：李先生，您是从圆明园来的吗？圆明园那边到底怎么样了？

李不伦：说起来简直是笑话！洋人本来是打算进城的，他们来到城下，见城门紧闭，就临时改了主意，掉头转向圆明园。他们从德胜门、安定门到圆明园，一路上没有遇到任何抵抗，他们竟像散步一样来到北京城下，又像郊游一样走到了圆明园。

禄喜：嘿，这个仗到底是怎么打的！

李不伦：压根就没有打仗！洋人原本是准备打大仗、恶仗的，可他们没找到对手。英勇的"铁帽子王"僧格林沁跟洋人玩儿了个脚底抹油！我算是真正见识了八旗兵了。这些吃着铁杆庄稼，平时提笼架鸟，吃喝嫖赌的大爷，一听见枪炮声，跑得比兔子还快，缩得比王八还紧！靠他们打仗？笑话！

禄喜（打断李不伦）：李不伦，圆明园那边到底怎么样了？

李不伦：您自己瞧啊！

【鼓声响起。二道幕拉开。舞台的一角,管园大臣张皇地从圆明园大宫门走出。

李不伦:洋人逼近大宫门的时候,园子里跑出来了一个"诸葛亮"。

管园大臣(摇手,比画):洋洋洋洋大人,这不是你们来的地方,皇上知道了会杀头的!你们快回吧,快请回吧!啊,就此别过,不送,啊!

【管园大臣作揖,退回大宫门,把大门关闭。

李不伦:洋人担心园子里有伏兵,暂时退后。过了一会儿,他们卷土重来,翻墙跳进园子,从里面打开了大门。洋人做梦也没有想到,里面一个伏兵都没有,他们就这么大摇大摆进了园子!

【随着李不伦的叙述,大宫门洞开,管园大臣上场。

管园大臣:洋大人,洋爷,你们可不能进来呀,你们可不能动这园子里东西,哎哟我说洋爷,这些东西娇贵得很,打碎了您可是赔不起呀!——你们哪位会说洋话?这园子里的东西全都是万岁爷的,可不敢乱摸乱动……

【"咣当"一声脆响,什么东西被打碎了。

管园大臣:哎呀呀,你们闯大祸了,你们犯了死罪,死罪!

【骤然响起一阵阵震耳欲聋的喊声、撞击声和打砸声。布景投影上,洋人疯狂地打、砸、抢。

李不伦:洋人开始拿东西、抢东西,拿不了的就砸掉、撕掉、烧掉、扔掉!

管园大臣(绝望地哭喊):洋人,洋大人,你们行行好……你们怎么能这么干呢?你们这是要我的命,要老夫的命啊!

【黑场。管园大臣瘫坐在舞台上。

【灯光转亮。

【管园大臣神情呆滞地站在福海堤岸上。打砸声一阵紧似一阵。打砸声每响一声,管园大臣的身体就哆嗦一下,禄喜和如意也跟着哆嗦一下,只有李不伦冷眼旁观,不住地摇头。

管园大臣(捧着鸣叫的油葫芦,走到前台,把油葫芦放在地上,失神地):皇上,洋毛子、洋鬼子来了。昨天晚上,奴才还在家里摇着扇子听着戏,斗着蛐蛐儿喝着酒,今天傍黑洋鬼子就上门了!(停顿)万事皆休,万事皆休了!皇上,奴才不过是个士,一个象。你们把老将"歪"出去了,洋人的兵马过了河,给奴才来了个双车错……皇上,奴才没有看管好这个园子,奴才罪该万死!奴才去了!

【管园大臣一头栽进了福海。油葫芦的悲鸣声响起。

禄喜:老天爷,这到底是怎么了?难道我大清国没人了吗?

李不伦:要说大清国没人也不公平。圆明园里的二十几个技勇太监那可是真有种!洋人进园子之后,遇到了技勇太监们的顽强抵抗!最后,这二十几个太监全都在贤良门前被洋人乱枪打死了!

如意(突然想起了什么):啊,老总管,百福呢?百福哥在哪儿呢?

禄喜:是啊,百福呢?百福,百福!

【静场。舞台一角,头上缠着绷带的百福和十几名技勇太监上。他们背靠着背互为犄角,舞动着长矛。百福把一根蜡木棍舞得飒飒生风。

百福:洋毛子们,你们来呀,有本事来呀,百福爷爷跟你们拼了!

【百福挺着蜡木棍和几名技勇太监大叫着向前疾跑,一排枪声响起,百福和几名技勇太监同时中弹倒地。

百福(挣扎着坐起来):洋毛子,你百福爷爷做鬼也饶不了你们!(唱)此一去搏得个斗转天回!(拼尽力气叫喊)如意,如意!拜托了,你一定要帮我把命……命根子请回家,一定要让我爹给我的骨头、我娘给我的肉回家呀!

【百福倒在舞台上,死去。

如意(撕心裂肺地):百福!百福哥……

禄喜：百福……儿子……

李不伦：呸！几万八旗兵竟不如二十几个太监有种！一个唱戏的伶人居然会战死在圆明园！

如意：你胡说，百福没有死，百福哥不会死的！

李不伦：老爷子，这个地方不太平了，我是来接你和如意走的，你们赶紧跟我到安全的地方避一避吧！

禄喜：百福，我的儿，我不该打你的板子啊！

李不伦（抓住如意的手）：如意，快跟我走吧，离开这个该死的地方。你知道我对你的心，我李不伦这辈子决不会让你受一丁点儿委屈……

如意（愤怒地）：你别碰我！别碰我！

禄喜（转向李不伦）：你这个洋人的帮凶，（抄起一根道具枪）我要打死你！打死你！

【禄喜踉跄着追打李不伦。

李不伦：老爷子，你犯不着跟我动怒，这笔账怎么着也算不到我的头上！如意……

【李不伦试图去拉如意，如意奋力一挣，将李不伦摔倒在地。禄喜挺枪向李不伦刺去。李不伦慌忙躲闪。

李不伦（大叫）：咸丰，咸丰，全都疯了，疯了！

【李不伦仓皇下。

如意（慢慢蹲在地上，压抑地哭起来）：百福哥，都是我害了你,我早该跟你一起走!百福哥,百福哥……

禄喜:洋人!你们这些天杀的坏种!——科尔沁王僧格林沁,你打长毛子挺有能耐,怎么打起洋毛子来就这么不济呢?呸!什么他妈的僧王,纯粹是松(song)王!大清国的天下,到底要被你们这些白吃俸禄、不好好为国家效力的混账东西们闹坏了!——(唱)此一去搏得个斗转天回……斗转天回……

【禄喜扔掉道具枪,呆呆地伫立在舞台中央。灯光渐暗。

——幕落

第五场

出场人物:禄喜、如意、李不伦、恭亲王、僧格林沁、顺子、咸丰帝。

【圆明园内。

【禄喜、如意上。

禄喜:守城的王公大臣,居然打开了安定门,拱手把洋人请进了北京城。咱北京城不是没有兵啊,城里光守军就有几万人,城外还有多路勤王的援兵不断赶来。——唉,王公大臣们说,这是要跟洋人办和局。洋人都欺负到咱家门口了,为什么还要办和局呢?既然要和,为什么不早和呢?

【禄喜看着一片狼藉的圆明园,摇头唏嘘。禄喜扶起一只歪倒的绣墩。

禄喜：作孽呀，作孽呀！大宫门外的朝房被烧了，园子里的宝贝一件件、一件件全都被抢光了、砸光了，(环顾着周围)这，这还是老奴当过一辈子差的圆明园吗？

如意(背着包袱，呆呆地)：老总管，我要走了，我要去找百福哥了。

禄喜：走吧，孩子，我不会拦你的，你和百福，真应该早一点儿走啊。

如意：人生而平等——这是你们说的。可是百福呢？百福哥不是和你们一样的人吗？你们为什么要杀一个手无寸铁的人？几天前，这里还是清清明明的世界，百福哥还在这里清清爽爽地唱戏，可是现在，百福哥到哪儿去了呢？(像是突然清醒过来，神经紧张地)不，百福哥没有死，老总管，我去找百福哥了！

【如意急下。

禄喜：看哪，这就是圆明园。(在福海边的一块石头上坐下，自言自语)如意，百福，你们听我说。这个园子，虽由人作，宛自天开。当年，老祖宗骑马入关之后，因为受不了北京夏天的闷热，在京郊营造了十余所清静的园子。当年扩建圆明园，雍正爷希望园子里有一个"海"，于是下令开凿了这片福海，把玉泉山和万泉河的水引到了湖中。真龙天子的家，怎么能没有水呢？这真是一个水的世界。后来，乾隆爷把天下的好景致全都移植到圆明园来了。狮子林、大水法、文渊阁、万花楼、蓬岛瑶台,皇上不用走出园子,就能看遍天下美景。(布景上顺次出现复原的圆明园画面)这个园子的珍宝、文玩,还用得着说吗?这是天底下最大的珍宝馆,里边有两百年来的皇家珍藏。(停顿)如今这些珍秘之物,竟然……这消息要是传到热河……万岁爷怎么受得了呢?(站起身,扶起一棵海棠树的树枝)当今万岁爷是最喜欢海棠的。每当海棠花盛开的时候,万岁爷是一定会写诗题咏。可是现在,看到园子成了这般模样,万岁爷又能题咏些什么呢?

【禄喜蹒跚下。李不伦上。

李不伦:英吉利人、法兰西人在律法和条约方面是行家,在审美方面却是一群贪婪无知的蠢货!(从地上捡起一本撕掉一半的册页翻看着)这是一位江南名家的珍贵画作,就这么成了断片残物。(小心地把册页折好,放入口袋)呵呵,这些伟大的艺术品如今全都被混账洋人糟蹋了,真真令人痛惜!

【恭亲王及众随从上。

恭亲王:英吉利人、法兰西人擅入我皇家圆明园,大肆抢劫,简直是盗匪、畜生!快传本爵的话,速派人护卫圆明园!入园盗抢的奸人、匪类一律格杀勿论!

李不伦(施鞠躬礼):六爷,您早干吗去了?

恭亲王：这位是谁？

李不伦：六爷不记得我了？您当然不记得，我不过是您府上的一个食客！

【一个随从在恭亲王耳边耳语了几句。

恭亲王（认出李不伦）：李不伦！几年不见，你竟披上洋人的衣裳，帮洋人做事，当了洋人的走狗！

李不伦（冷笑）：兄弟我本是读书人，就因为不屑写腐朽可笑的八股文，不屑当你们的奴才，上进之路被你们堵死。没办法，兄弟只能从洋人那里讨一口饭吃。

恭亲王：真是恬不知耻！你这么做，亲者痛，仇者快！

李不伦：现在您倒有脸来跟我论亲仇了，什么是亲？当我快要在街上饿死的时候，是洋人给我了一份差事。我在你们的治下差点成了倒卧，这不是我的耻辱，是你们的。你们根本不管我们这些奴才贱民的死活……您那位风流哥哥，整天只知道听戏、酗酒、吃媚药、玩女人……

恭亲王：住口，不许你这么说万岁爷！

李不伦：那就说说您本人吧。六爷，洋毛子闯进圆明园的时候，您在哪儿呢？您怎么不守在圆明园大门口呢？要我说，您还不如那二十几位在贤良门前冤死的太监！

【恭亲王指着李不伦,气得手指乱颤,说不出话来。

李不伦:尊敬的恭王爷,咱们还是谈点正事吧。英吉利人让我通知您,他们准备实施另一项决定。

恭亲王:难道他们还要屠城吗?

李不伦:不,不,英吉利人说了,他们要打击的不是平民百姓,是大清皇帝。他们准备焚毁圆明园,焚毁皇帝的安乐窝!

恭亲王:啊,天理何在!他们已经抢劫了圆明园,难道还不够吗?——他们这么做,无非是为了掩盖他们的盗匪行径!本爵这就给英吉利人发照会!制止他们这种野蛮的行为,是可忍孰不可忍!

李不伦:去吧,快去拟定您的照会吧!由于你们的软弱、姑息,现在紫禁城、圆明园乃至整个北京城都在洋人的手里,但愿他们能听您的话!

【恭亲王及随从下。

李不伦:这些个脑满肠肥的满大人,有哪个是真正认真为国家办事的?你们闲来只是遛鸟、听戏、逛胡同,你们早该跟这个园子一起烂掉了!

【禄喜颤颤巍巍上,在一辆西洋炮车上坐了下来。

李不伦:老爷子!

禄喜(像是没有看到李不伦):老天作证,大清国的皇帝并不是不会打仗!(拍着炮车)这炮车就是明证。当年,英吉利使臣马戛尔尼朝见,给乾隆爷带来了八门精致的铜炮。乾隆爷对这些大炮的杀伤力极其厌恶,指斥它违背了中国人讲究的仁义。道光爷本人就是一个百发百中的神枪手,当皇子的时候,道光爷曾经在紫禁城用一把火枪击毙过两名乱匪,得到过嘉庆爷的嘉奖。大清帝国的皇帝并不是不会打仗,他们都有好生之德,他们都是仁慈的好皇帝。

李不伦:老爷子,赶快离开这里吧,这个园子马上就不存在了,洋人马上要放火烧园子了!

禄喜:畜生。战争已经结束了,你们还要继续用火攻吗?——(大声地)洋毛子们,你们不要高兴得太早,各地勤王的军兵马上就要到了,你们的末日就要到了!

李不伦:别傻了,老爷子。外地的军兵,都在忙着剿匪,忙着跟洪秀全、杨秀清打仗。那才是皇家最关心的事!(伸手在禄喜眼前晃晃)老爷子,老爷子!

禄喜(摇晃着站起身,拱手向天):万岁爷,这一切,您都看到了吗?听到了吗?

李不伦(摇头):咳!

【李不伦下。舞台另一侧,咸丰帝手持奏折上。

咸丰帝:洋人毁了朕的圆明园,毁了朕的家!(厉声地)僧格林沁、瑞麟,统统给朕革职,革职,革职!

【咸丰帝狠狠地将奏折摔在地上。

【内传出传旨太监苍凉嘶哑的声音:"僧格林沁,着革去爵职,瑞麟着即革职!"

禄喜:万岁爷,世道变了,如今是一个大鱼吃小鱼的虎狼世界!对付这些拿枪的狼,咱们也得有同样厉害的船舰、同样厉害的枪炮才行啊!

咸丰帝:着和硕恭亲王奕䜣为全权大臣,速速办理和局!

【内传旨太监:"着和硕恭亲王奕䜣为全权大臣,速速办理和局!——钦此!"

【黑场。

【马嘶声、马蹄声和喧闹的人声突然响起。

【背景先是燃起了一点火,然后是一片火点,之后燃起了熊熊大火。

【舞台上,官员、平民、读书人、逃兵、乞丐、流浪汉纷纷走上前来。有人大喊:"快看呀,起火了!""洋毛子放火烧皇家园林,烧圆明园了!""三山五园都起火了!""洋毛子不是人,全是他妈的魔鬼!"

禄喜:啊,啊,着火了!百福,如意,快叫人来救火!救火呀!北京城的老少爷们儿,你们都看到了吗?洋鬼子在放火焚烧圆明园,焚烧皇帝的行宫!没有人出来阻止这件事吗?你们都眼睁睁看着这件事情发生吗?

【禄喜一瘸一拐走到舞台中间,然后端坐在圆明园正大光明殿前。

禄喜:烧吧,连我这个老头子一起烧死吧!

【李不伦上。

李不伦:啊,大火烧起来了。穷人的不幸,落魄者的辛酸,都跟这个该死的园子有关!这把火不是今天才开始燃烧的。这园子里的砖木,礼器上的花纹,戏园里的水座,珍宝馆里的玉石,每一件器物都蕴藏着一点微火!这微火蕴藏在万岁爷的龙位上、大臣们的红顶子上;蕴藏在宫女的寂寞里、太监的裤裆里;蕴藏在万岁爷的敬事房和福海的最深处。这火苗是从大水法十二生肖的每一只兽首的嘴里喷泻出来的。烧吧,烧起来吧!这个腐朽透顶的园子,很值得一烧!洋人一炬,可怜焦土!

【恭亲王、僧格林沁、顺子等人从另一侧上。

恭亲王:早知如此,老子就跟他们拼了!僧格林沁,快,快集合八旗兵,给我把洋毛子全都杀掉!杀掉!

僧格林沁:六爷,皇上可是要您督办和局的呀!

恭亲王:苍天,苍天啊!

僧格林沁:六爷,您放宽心!留得青山在,不怕没柴烧……

恭亲王:不要说这个"烧"字……他们这不是在烧园,他们这是在撕我爱新觉罗家族的脸哪!我还有何脸面活在这个世界上!

【恭亲王拔出佩剑自刎,被僧格林沁、顺子等人死命拦住。】

恭亲王:我……我……我他妈连死的权力都没有啊!(大放悲声)啊,仇人就在这里,就在眼前,我却无法雪耻,无力报仇,我……我还得装出一副笑脸跟他们缔结和约,这是多大的耻辱啊!——这和约我签,我签了!不就是洋枪洋炮吗?老子也会造!老子要多多地造!洋毛子,我操你们姥姥!

【恭亲王一行下。】

禄喜:啊啊!一百多年的好风水,就这么烧掉了!

李不伦:这样故意的大肆纵火,千百年来没有几次。洋毛子是一群不折不扣的强盗。可谁能拦得住他们呢?英吉利首领额尔金的父亲就是一个臭名昭著的土匪,一个该死的文物贩子。老额尔金在任奥斯曼帝国大使期间,曾经把希腊帕特农神庙里的雕塑大理石像运回他的苏格兰老家!这一回,他的混账儿子比他走得更远,真是青出于蓝而胜于爹!可是,话又说回来,大清国受到惩罚也是他妈的活该。

【李不伦下。大火越烧越烈。】

禄喜:三山五园全都烧起来了!烧起来了!

【内传出如意的声音:"老总管!老总管!安佑宫着火了,快来救我,快来救我,快来救我们啊!"】

禄喜(慢慢站起身,仔细倾听):如意,好孩子,是你在叫我吗？你在哪儿？在哪儿呢？

　　【舞台一角，如意和众宫女、太监上。如意和宫女、太监们浑身着火在舞台上挣扎，哭喊声、求救声乱作一团。

　　如意：老总管！快救救我，快救救我，我不想死，老总管，快救救我呀！

　　禄喜（转着身子探听如意的声音）：如意，如意，如意！

　　【众人力竭，横七竖八倒在舞台上。

　　如意（在火中舞蹈、唱）：风摧败叶一时散，兵火无端染帝京。社稷安危凭谁问，可怜今日见天倾……

　　【大火烧得越来越旺，伴随着"噼噼啪啪"的爆裂声和建筑物的坍塌声。如意的声音渐渐弱下去，消失了。

　　禄喜（痛楚地呼喊）：如意！我的孩子！我的好孩子！——老天爷，这到底是为了什么，为了什么？

　　【禄喜瘫坐在地上。

　　【灯光渐暗。

——幕落

第六场

出场人物:禄喜、李不伦、恭亲王、咸丰帝、皇后、懿贵妃。

【1860 年 10 月 21 日。禄喜站在圆明园西洋建筑群废墟前。一群飞鸟在空中盘旋了一阵,悲鸣着远去。】

禄喜:园子里的鸟儿都飞走了。走吧。到别处求生去吧。连日来,火光冲天,太阳都被烟雾遮蔽了,像是出现了日食。空气里全都是呛人的味道。(咳嗽)多少年来,这园子里满是各种花儿和青果子的味道。那才是圆明园的味道。(传来鸟叫声)嗳,风凉了,园子败了,连鸟儿们都无家可归了。(哼唱)原来姹紫嫣红开遍,似这般都付与断井颓垣……

【李不伦上。

李不伦：我终于活着看到这个园子的毁灭。这园子里充斥着经血和精液的味道。这里的一草一木，全都是妖花孽草！一亭一台，都是由腐败和邪恶造就的。真是恶心！呸呸呸……

【恭亲王及随从上。

恭亲王（手指着李不伦）：你你你你你你……

李不伦：尊贵的恭亲王，古训云：君子不迁怒。这事是洋人干的，跟在下毫无关系。

【恭亲王的随从们试图上前去抓李不伦，恭亲王拦住了他们。

恭亲王：让他好好活着吧，让他在洋人的庇护下，保存这条狗命吧！

李不伦：六爷，您永远也不会知道平等是怎么一回事。这个世界变了，不全由着你们了。

恭亲王：李不伦，我问你，你对大清国的仇恨到底是从哪儿来的？

李不伦：从你们身上！你们这些王爷，你们什么时候把国家利益和子民的死活放在心上过？你们的眼里只有皇家的权威和面子。你们宁可割地赔款，也决不肯降低你们"神"一样的地位。因为你们就是靠这个吃饭的，你们就是靠这个吓唬老百姓的！

【恭亲王的随从们再次试图上前去抓李不伦，恭亲王拦住他们。

恭亲王：你接着说，本爵听着！

李不伦：我不过给洋人当了回舌人，你们就骂我是卖国贼。咸丰八年，俄国人通过《瑷珲条约》，从大清国抢走了60多万平方公里的土地！要我说，你们才是真正的卖国贼！——你身后的圆明园不是毁在洋人手里，而是毁在你们自己的手里！

恭亲王：好，好，好！李不伦，本爵记住了你的话。洋人退兵之后，本爵要做的第一件事就是奏请皇上建立同文馆，建立总理各国事务衙门！本爵要看看洋人们的脑袋里到底在想些什么！李不伦，本爵记住了你的话！

【恭亲王一行下。

李不伦（对着恭亲王的身影）：去吧，快去跟英吉利、法兰西人签订和约吧。他们正张着血盆大口等着您呢！您和您那病秧子哥哥都不配管理这个国家。你们所谓的祖宗家法不改，谁做皇帝都他妈的一个样！

禄喜（自言自语）：乾隆爷八十万寿那年，同乐园连演了半个多月的大戏。到了晚间，圆明园的灯火亮得像白昼一样。嘉庆爷、道光爷六十万寿，同乐园的大戏，都是老奴我一手经办。今年，咸丰爷三十万寿，老奴在同乐园伺候了四天大戏，两个月前的中元节，是万岁爷在同乐园看的最后一场戏……这些个事情,在老奴的脑袋里,都像昨天一样……

李不伦(大声地):老爷子,万岁爷这下子在热河该满意了吧? 我听说,前几天他下诏让一百多名伶人赶到热河给他演戏。哈,无论时局如何,这条瘸腿的龙都忘不了这口昆弋腔!——老爷子,如意呢?

【禄喜不说话,机械地从衣袖里拿出一本文稿。

李不伦:老爷子,快告诉我,如意在哪儿? 这回,您同意,我要把他带走,您不同意,我也要把他带走!

禄喜:你来晚了。如意已经走了。

李不伦:如意到哪儿去了? 跟谁走了?

禄喜:如意在安佑宫,跟列祖列宗们在一起。

李不伦:可是安佑宫已经烧掉了呀。听说,当时安佑宫的大门被主事太监反锁,里面的三百名太监、宫女和工匠,全都被烧死了。——不可能,不可能,如意不可能在安佑宫!

禄喜(疯疯癫癫地唱):士悲秋色女悲春,两种滋味,一样断肠人……

【禄喜手里的文稿掉在地上。李不伦捡拾起文稿,双手哆嗦着翻看。

李不伦:老爷子,您是说,如意在安佑宫,烧、烧……烧死了?

禄喜(呆呆地):如意是个好孩子,如意是不会死的。

李不伦(愣了一下,突然失声痛哭起来):如意!如意啊!如意!这场万恶的大火,烧掉了大清国的蛮横、狭隘和无知,却也烧死了我李不伦这辈子最珍爱的人!哎呀,我的如意呀!(失神地)如意呀,可怜的如意!你走了,我活着还有什么意思!从今天起,我的命运就是流浪,我的命运就是哭泣!啊啊!我那可怜的如意啊!一万座他妈的圆明园也比不上一个如意,比不上一个国色天香的如意呀!

【李不伦把文稿抛向空中。纸张飘洒了一地。李不伦跟跄下。

禄喜(挣扎着站起身):这满园子的梧桐,一夜之间,全都变成了枯木朽株。这园子,本身就是一出戏啊,从一砖一瓦建造,一分一毫雕饰,到被一把大火烧掉,本身就是一出完完整整的大戏。(停顿)到了我这个年纪,一切都就那么回事了。(停顿,抬头向天)万岁爷,您说,您一条真龙怎么能到热河去呢?怎么能到热河里去洗澡呢?您要是真的御驾亲征,统领各路大军跟洋人狠狠打上一仗呢?

【禄喜看着圆明园的废墟,疯疯癫癫地笑了起来。舞台一侧,咸丰帝手里拿着一本奏折上。

咸丰帝(掂着手里的奏折):洋人……洋人居然烧毁了朕的圆明园!(咳嗽)咳,咳,朕真真可谓千古第一苦命天子!

禄喜(叩头):皇上,皇上……

咸丰帝(止住咳嗽,身体摇晃了一下):坏消息一个接着一个传来。这些日子,朕的心一刻也没有离开过圆明园。洋人的枪炮打中了一个朕,烧掉了另一个朕。——列祖列宗啊,对这些远道而来的洋人,朕按照家法,剿也剿了,抚也抚了,可是剿也不成,抚也不成,到头来,朕的家竟然被他们毁掉了!你们告诉孩儿,孩儿到底做错了什么?(停顿)守园的老人家,你告诉朕,这只是一场梦,一出戏,对不对?朕现在才发现,朕继位这十年来,不过是一个摆设,一个龙套!是的,一个真正的、名副其实的龙套!(拉拉身上的衣服)这龙袍,就是朕的戏装。(喝了一口酒)嗳,嗳,朕就权当这是一出戏,一场梦吧。只有在看戏的时辰,朕既不觉得有过去,也不知道有将来,长毛、洋毛、外患、内忧,统统不在朕的心里……是啊,这就是一出戏,一场梦……

禄喜:万岁爷,老奴也希望这只是一个梦……

【咸丰帝嘴里发出似哭似笑的"呵呵"声。咸丰帝来到几案前,提笔写下"且乐道人"四个大字。随后,咸丰帝将横幅张挂在墙上。

咸丰帝:且乐道人,且乐道人。好,好!

【咸丰帝嘴里再次发出似哭似笑的"呵呵"声。皇后、懿贵妃及众宫女上。

懿贵妃:皇上,整个京城,整个大清国都是咱们的家!

皇后:皇上放宽心,六爷正在全力督办和局。

懿贵妃:园子毁了,咱们可以再修,再建!皇上尽管好好将养身子,这天下永远是咱们爱新觉罗家的天下。这一点,洋毛子、长毛子谁也改变不了!

皇后:妹妹说得对。一切都会重新开始,一切都会恢复原样儿的。

【皇后把墙上"且乐道人"的条幅摘下来。

【咸丰帝拿起桌上的鼓槌,突然挥起鼓槌,将一只精美的玉盘拨拉到地上。玉盘摔碎了,发出了一声清脆的响声。

咸丰帝:朕的家,朕的圆明园像这只玉盘一样,碎裂了。(抓起桌子上的酒壶,猛喝了几口,突然提高了声音,大声地)来呀,伶人们,吹打起来呀,唱起来呀!——来呀,吹打起来,唱起来吧!大声唱起来吧!

【咸丰帝悲怆地、绝望地奋力击鼓。

【皇后、懿贵妃及宫女一起跪地叩头。

【咸丰帝爆发出一阵阵绝望的大笑。咸丰帝突然后仰倒地。

众人(惊呼):皇上!皇上!

【黑场。

【追光打在禄喜身上。

禄喜：守园神。(悲凉地)我算哪门子守园神啊。我这辈子,连自己的命根子都没有守住。我不过是一个绝户,一个一辈人！(摇头)呵呵,人生而平等,这是不辨自明的真理。(停顿)以前,我从来没有觉得自己净身做太监有什么不好,现在看来,这是一件多么屈辱的事情。嗳,我这一辈子不过是个笑话,一个他妈的笑话！

【禄喜拿起咸丰帝题写的匾,轻轻擦拭着。

禄喜：这一个月来,洋人的枪炮,把什么都打碎了,洋人的一把火,把什么都烧掉了。这是一个狼的世界,满世界都是逐利的狼。(缓缓地站起身来)割掉我命根子的人,今天我总算看清楚了,你们,也全都是狼。无论是谁,对着别人动刀动枪都是一件不可饶恕的罪恶。(向高处拱手)万岁爷,老奴斗胆问您一句,你们皇家为什么非要割掉别人的命根子呢？(声音低了下来)也好,也好,割了也好。我们这些个可怜的一辈人,没有子孙活在这个世界上,也算得上是一件幸事。从今以后,就一了百了,一了百了了。(摇头叹息)只是可怜了如意、百福这些孩子,他们小小年纪,他们不该死啊。如意、百福,我对不住你们,你们还没有把自己的命根子赎回来,就都走了,都走到我这个老家伙的前头了！(扶住一棵枯木)可怜这金碧辉煌的世界,这粉妆玉砌的天上人间……该死的洋毛子、洋大人，你们把一切都毁掉了，烧掉了。你们烧得掉这满园子的树木，可你们烧不掉这树木的根；你们烧得掉皇家的园子，可你们烧不掉大清国老少爷们儿的魂……（哼唱）我独在人间，委实的不愿生……如意、百福，我的孩子们，我的好孩子们，你们等等我，我来了……

【禄喜掏出一把短刀自刎。靠在禄喜身边的匾额摔在地上，"砰"的一声碎裂了。禄喜缓缓倒在舞台上，死去。

【布景投影：顺次出现圆明园复原图片及现代、当代图片。

——全剧终

【话剧】

苏东坡
Su Dongpo

范 伟

第一场

【帷幕前。帷幕是一本放大的《宋史》线装书。沉寂。隐约有大雁的叫声。苏轼从舞台右侧、西坡从舞台左侧上。幕后响起一声声令人不安的鼓声。

苏轼:这些天,我一直惶恐不安,我看到一张大网从天而降!

【大臣一和几个黑衣捕快从观众席走出。几个人走了几步停下。

西坡:谁让你是苏轼、苏子瞻呢?你的《湖州谢上表》已经传开了。你在表里口出怨言,说自己不能追陪新进,这话刺痛了当朝很多人。

苏轼:《湖州谢上表》……我真是"胡诌"了一番。

西坡:你一向反对变法,皇上和变法大臣很不高兴。《湖州谢上表》只是证据之一。御史台拿到了你的诗集,他们认为你的诗里包藏祸心,其中多处对圣上和新法进行嘲讽。

苏轼:新法峻急,执行者为了迎合上意,取悦上官,不惜用铁腕酷法掠夺百姓,名义上为了富国强兵,实际上却是在戕害百姓。这种强国害民的新法,恕我不能恭维。

【大臣一和几个黑衣捕快继续向前走,走到舞台前,停下。

西坡:那些被你称为"新进"的变法大臣并非没有才干,忠君爱国之心也不比你差。

苏轼:我差点忘了,西坡兄也是一个新派。

西坡:照我看,你一点也不冤枉。你的诗文一出,立刻被天下传颂,你很享受这种被追捧的感觉,唯恐词句不锋利、不耸人耳目。

苏轼:我承认我言语有过激之处。可我并无恶意,我只是在表达自己的看法……

【幕后的鼓点突然急促起来。两个人侧耳倾听。大臣一和几名黑衣捕快快速登上舞台。幕后有人大喊:"不好啦!御史台来抓人啦!"大臣一和黑衣捕快面对观众站定。

苏轼:各位大人,请衙署内说话……

大臣一(看着苏轼,半天不说话,突然大声地):湖州太守苏轼,以诗文反对新法,诽谤朝廷,即日赴京接受御史台召问！

【幕后传来一个女人惶恐的声音："老天呀！诽谤朝廷，这可是天大的罪过啊！"

苏轼(惶急地)：各位大人，请允许我跟家人见上一面！

大臣一：少啰唆！拿下！

【两名捕快迅速将苏轼的官帽摘掉，将他捆绑起来，推搡下场。

西坡(喟叹)：任你学富五车、才高八斗，任你贵为一方太守，朝廷要想拿你，跟抓一只小鸡没什么两样！

【西坡下。

【幕后传来女人、孩子的哭闹声。王闰之、朝云急上。

王闰之：都是那些诗文惹的祸！好好的日子不过，作什么诗！朝云，把他的那些诗文全都烧掉！烧掉！

朝云：夫人，这可都是老爷多年的心血……

王闰之：烧，全都烧掉！

朝云：是，夫人！

【王闰之、朝云急下。

【线装书形状的帷幕撕裂。幕启。舞台左侧是朝堂，右侧是御史台监狱。舞台后部有两扇并排的门。

左侧的门呈金色,代表"升迁";右边的门呈黑色,象征"贬谪"。左侧灯光亮起。苏轼坐在右侧监狱黑影中。

【西坡与三位大臣从金门上。西坡、大臣一、大臣二、大臣三都穿着同样的浅黑色官服。大臣三是这些人的主脑。

大臣一:苏轼苏子瞻平时装得一副好汉样!御史台拿他进京的路上,他在太湖、扬子江两次准备投水,畏罪自尽!

大臣二:刚进御史台监狱的时候,他还强力抗辩,不肯招认。几天棍棒下来,还不是乖乖服罪了?

西坡:你们这么审问,没人受得了!

大臣一:他是罪有应得!我就看不得他那副张狂的样子——(滑稽地模仿)老夫聊发少年狂,左牵黄,右擎苍……鬓微霜,又何妨……

大臣三(慢条斯理地):话不能这么讲。我历来爱说公道话。平心而论,苏轼苏子瞻的确是个奇才,一二十年前的诗文,审问起来,一桩一件都记得清清楚楚。

西坡:我也历来爱说公道话,你们这么做,未免太过!苏轼反对新法不假,可他的那些诗文,不过是缘诗人之义,托事以讽。苏轼是朝廷命官,上书言事也是他的分内之事!

大臣二：西坡大人，你到底站在哪一边？谁都知道你和苏轼是同科进士，是好朋友！

西坡（生气地）：我站在道理一边！苏轼的确是我的朋友，那又怎么样？

大臣三：自己人就不要吵吵了！四个月了，从夏到秋，这个案子不该拖这么久。

大臣一：我今天听到一个笑话：有一个人和过苏轼的诗，担心被查，出门避祸，别人问他犯了什么罪，他说（乐不可支）、他说："和着贼诗了！"

【几个人大笑。唯有西坡不笑。宋神宗赵顼及两名太监上。

众人：吾皇万岁万岁万万岁！

【随行太监把一个小巧的座椅放在宋神宗屁股底下，宋神宗就势坐下。

宋神宗：那只鸟叫得怎么样？

大臣一：陛下请听！

【舞台右侧御史台监狱，黑影中，几个狱卒殴打苏轼。苏轼痛苦地呻吟。

宋神宗：外面还有人妄议新政吗？

大臣二：陛下，自从拿了苏轼，消停多了。祖宗成法多因循陈旧，全赖陛下革而新之！

宋神宗：棒子总是很管用。你们知道，朕即位以来，内外交困。不变法无以除积弊，无以振国威。朕并不是要阻挡言路,只是告诉人们不要随便说三道四。

众大臣:皇上圣明!

宋神宗(对西坡):你怎么看?

西坡:陛下,恕臣直言,自古大度之君,不以言语罪人。臣恐如果对苏轼责罚过重,后世会说陛下不能容才。

大臣三:大谬不然,苏轼藐视朝廷,其罪当诛!

西坡:太祖皇帝早年立下了规矩,除非谋反,不可诛杀大臣。

大臣三:这个规矩也早该变一变了。狂悖、无耻之徒正是利用了太祖的恩德,胡作非为。

【王安石、苏辙从舞台左右分上。王安石举动疯癫,苏辙行止滞重。

苏辙:陛下,微臣苏辙冒死奉陈,苏轼居官在家,无大过恶,只是赋性愚直,好谈古今得失,冒犯天威,实是无心之过……

大臣三:陛下,苏轼一向恃才傲物,他的诗文虽浅薄荒谬,但影响极大,杀掉他,对他的同党也是一个极好的教训!

苏辙:陛下,微臣父母早逝,唯与兄长苏轼相依为命,臣愿削去一切职务,换取兄长不死……

王安石:陛下,归休老臣王安石多一句嘴,苏轼苏子瞻虽言语狂悖,却算得上是一个学识渊博、文思飞扬的有趣人物……

大臣一：老丞相已然归休，在家颐养天年才是正经，朝中的事就不必多问了！

王安石：我被打断了。人老了，不喜欢被打断。我刚才说到哪儿了？有趣人物……总之，苏轼苏子瞻在文章方面是个天才，很能写出人人心里皆有，笔下皆无的东西，算得上是一个才俊。"明月几时有，把酒问青天……何处飞来双白鹭，如有意，慕娉婷……"这样的词句，王某写不出，尔等也都写不出。不知更几百年后，方有如此人物……陛下，请原谅老臣说一句粗话：哪有太平盛世妄杀才俊的混账道理？

大臣一、二、三（同时）：陛下……

宋神宗（伸出手，众人立刻停止了争吵）：你们要加紧审讯，朕要看完整的卷宗。

众人：是，陛下。

【宋神宗、西坡、王安石、苏辙及众大臣下。

【左侧灯光灭。一个声音喊："带苏轼！"右侧灯光亮起。大臣一、大臣二、大臣三坐在台案后面。狱卒打开狱门，苏轼蹒跚走出。苏轼坐在受审的椅子上。大臣一、大臣二、大臣三"吸溜吸溜"喝茶。

大臣三：今天是最后一次会审。苏轼，你可服罪？

苏轼：我服罪。

【大臣二提笔记录。

大臣三：你服的什么罪？

苏轼：我对朝廷新法不满。今年三月，皇上调我任湖州太守，我在《湖州谢上表》里说，不愿与"新进"为伍，这是对当朝变法大臣的诋毁。

大臣三：接着说。

苏轼：我这些年的诗作，对时政多有讥讽，流布所及，影响极坏，是对圣上和当朝诸公的大不敬。

大臣三：说具体点。

苏轼：我已经说过很多遍了。

大臣三：再说一遍。

苏轼（费力地）：东海若知明主意，应教斥卤变桑田。——这是在讥讽农田水利法；岂是闻韶解忘味？迩来三月食无盐。——这是在讽刺朝廷盐政专营，导致盐价奇昂，老百姓买不起盐吃；读书万卷不读律，致君尧舜终无术。——这是在讥讽新法以明经取士，不通歌赋；杖藜裹饭去匆匆，过眼青钱转手空。赢得儿童语音好，一年强半在城中。——这是在讥讽青苗法，太过扰民。

大臣三：你写这些诗，究竟想要说什么？

苏轼：我是想提醒圣上了解新法之弊和百姓的疾苦。

大臣一（把桌子一拍）：休要耍口！你把这些年的水旱之灾、盗贼之变，全都归咎于新法，天下稍有灾变,你就作诗作赋,喜形于色,唯恐天下不乱!老实说,你到底是何居心!

苏轼:我没有什么可说的了。那些诗文都是我写的,白纸黑字,我否认不了。——我到底是什么居心?也许我是疯了。

大臣二:发疯是一个好借口。你是说朝廷选了一个疯子做太守吗?

苏轼(语塞):……

大臣二(不依不饶):你这是说陛下在用人方面失察吗?

大臣三:这些年,你和朋友聚会,每次都做出姿态,相约不谈时事。你写诗说:"若对青山谈世事,当须举白便浮君。"这没有冤枉你吧?

苏轼(突然站起身来):够了!我受够了!这四个月来,你们翻来覆去问的就是这几句话、几句诗,我已经重复了不下一千次!我承认我的言语失当,可也不至获罪!新法标榜富国强兵,用心不可谓不良善,实行起来却弊端甚多!眼看天下百姓为新法所苦,我位卑言轻,不敢明言,也不忍不言,只能尽自己的本分!如今,政治有新法,官吏有新进,学术有新义,新法已经成为某些人升官发财的捷径!老百姓从新法中没有得到任何好处,举目四望,怨声载道,民不聊生!我在江浙多年,那里的风景美冠天下,我每天要做的却是审讯、鞭笞、徒配犯人,而那些人全都是贫民、饥民、贱民、草民!长此以往,国家恐生他变!我把我该说的都说了!欲加之罪,何患无辞,你们想怎么办就怎么办吧……

大臣一:大胆苏轼,你死到临头,还敢嚣张!

【站立在两旁的衙役低吼着举起了杀威棒。

大臣二(悠闲地):你这是要聊发少年狂吗?你不是一向自诩文坛领袖吗?天下有大勇者,猝然临之而不惊,无故加之而不怒。你的修养哪儿去了?要知道,你的案子可是钦定的。

大臣三(向大臣二摆摆手):苏子瞻,我们办你的案子,并不是泄私愤。你要搞清楚这一点。你还有什么话要说吗?

苏轼(余怒未消):没有了。

大臣三:在这儿签字画押。

【苏轼摇晃着提笔签字。

大臣二:多好的书法。可惜,以后这样签名的机会不多了!

【大臣一、大臣二、大臣三下。苏轼被狱卒押回监狱。铁栅门"咣当"一声锁上。

【左边朝堂的灯光亮起来。宋神宗、西坡、大臣二上。

宋神宗:太后宾天,朕要大赦天下。此前朕也曾想实行大赦为她老人家求寿,太后说:"用不着赦免天下犯人,只需放了苏轼一人就够了。"太后一向喜欢苏轼的诗文。你们说怎么办?

大臣二:苏轼罪大恶极,不在大赦之列。

宋神宗:太祖皇帝有遗训,除非谋反,不可妄杀大臣,你不是不知道。

大臣二:启禀皇上,苏轼确有谋反之意!

宋神宗(惊讶):噢,怎么的呢?

大臣二:苏轼在一首描写桧树的诗里说:"根到九泉无曲处,世间惟有蛰龙知。"陛下犹如飞龙在天,苏轼却反求知音于地下之蛰龙,谋反之心,昭然若揭……

西坡:哼!哼!

宋神宗(对西坡):你怎么说?

西坡:臣以为这很荒唐!龙者非独人君,人臣也可以言龙,三国孔明,人便称之为卧龙。——要是这样解读诗文,恐怕人人都有罪,人人都该诛杀!

宋神宗(对大臣二):诗就是诗,怎么能够胡乱比附?苏轼吟咏他的桧树,干朕何事!

【宋神宗下。

西坡(愤怒地指着大臣二):你,你这么说,难道是想灭苏轼满门吗?!

大臣二:他是咎由自取。

西坡:现在一时手滑痛快,置人于死地,将来自己恐怕也难逃此运!

大臣二:这可是主审官的意思。

西坡:呸!主审官的吐沫星子,你难道也要吃下去不成!

【西坡怒下。

大臣二:可皇上的意思,到底是杀还是不杀呢?

【大臣二下。

【舞台右侧监狱灯光亮起。老狱卒送饭上。

老狱卒:他变老了。进了这四堵墙,就等于鬼头刀架到了脖子上。

苏轼(闭着眼睛,自言自语):我再也没有什么可说的了。

老狱卒(大声):苏大人,今天饭食好,一条清蒸鱼。

苏轼(一惊,继而呵呵笑起来,并不睁开眼睛):鱼。好啊,鱼!

【苏轼从怀里掏出一包东西,被老狱卒发觉。

老狱卒:这是什么东西?

苏轼:我素来服食的丹药……

老狱卒(释然):过去过的什么日子?出有车,食有鱼,如今……百十天才吃到一条鱼!

【老狱卒下。

苏轼：我和家人相约，如果送的是蔬菜和肉食，表明一切正常，如果送的是鱼，那就是我被判死刑的信号。这四个月，一百多个日夜，我经历了太多的侮辱，不想再遭受这一切了。——柏台霜气夜凄凄，风动琅玕月向低。梦绕云山心似鹿，魂飞汤火命如鸡。

【西坡上。苏轼仰头喝药，西坡上前一把将药包夺下。

西坡：你这是干什么！——都拿出来！

【苏轼机械地摸出身上剩余的几粒丹药，被西坡一把抢过。

苏轼：他们说我是破坏新法的第一罪人，我实在愧不敢当……

西坡（俯拾起散落在地上的几粒丹药，装进自己的袖袋）：因为你下狱，很多人在呼唤死刑，也有很多人在呼吁赦免你。归休在家的老宰相王安石特意上书为你求情。

苏轼：天下无人不知，我和老宰相在变法问题上是死对头。可是，我们的争论是道义之争，不是莫须有的倾轧……

【西坡对苏轼做了个轻声的动作。

苏轼：我还有什么好怕的呢？

西坡：如果你最终因诗文获罪，这可是开了一个恶例！

苏轼：当朝诸君的用意并不在我一人。事到如今，我只求速死，免得牵连亲友。西坡兄，你我兄弟二十岁订交，你平素劝我不要锋芒太过，可惜我从来没有真正放在心上……

【幕后鼓声响起，由远及近，越来越急促。

苏轼：我曾与兄长相约老后一同归隐湖山，这恐怕是奢望了！(拱手施礼)罪人苏轼与兄长就此别过！

西坡(悲怆地)：天意自古高难问，一切只有等待圣裁……

【鼓声戛然而止。苏轼、西坡肃立。内有一个声音："苏轼听旨！"

声音：知湖州苏轼，讥讽新政，出言狂悖，流风所及，有害无益，伤教乱俗，莫甚于此。——即日起出任黄州团练副使，不得签书公事。往服宽典，勿忘自新！钦此！

苏轼(半晌)：臣苏轼谢主隆恩……

【西坡释然地摇头，下。

【幕后传来女人、儿童的呼喊声："老爷！老爷！爹！爹！"

【王闰之、朝云上。王闰之、朝云两人将匍匐在地的苏轼慢慢扶起。

苏轼：我还活着？

王闰之：活着，活着！

苏轼：那条鱼……

王闰之：一时疏忽，送错了……

苏轼（呵呵大笑）：错得好！错得好！囚牢误得鱼消息，两世为人又一生……

【暗转。一个仆人拉车上。王闰之、朝云等人搀扶着虚弱的苏轼缓缓行走。苏轼突然停住脚步，仰天笑了两声，引发了一阵剧烈的咳嗽。朝云帮苏轼捶背。

苏轼：我好像已经不会笑了……闰之，朝云，你们还记不记得被抓之前我讲的那个笑话？

王闰之：不记得了。

朝云：我记得！老爷说，有一个爱写诗的隐士，被皇上召见，临行前，他夫人赠了他一首诗：休更落魄贪杯酒，且莫猖狂爱咏诗。今日捉到官里去，这回断送老头皮……

【苏轼再次一边咳嗽，一边笑。

王闰之：求求你，从今以后，再也不要作什么诗文了！

苏轼：不作了，不作了。

【舞台另一侧，西坡上。西坡目送着苏轼一行。一阵风吹过，树叶片片飘落。

苏轼（神思恍惚）：树叶沙沙响，我好像又回到了御史台监狱。这桩无妄之灾实在令人绝望……不过，事后想来，也没有什么了不起。（吟哦）莫听穿林打叶声,何妨吟啸且徐行,竹杖芒鞋轻胜马,谁怕？一蓑烟雨任平生。

【朝云暗中拍手。

王闰之:唉,说你什么好呢!

苏轼(回过神来):呸,怎么就不能长点记性!平生文字为吾累,此去声名不厌低!

朝云:得,又来了!

西坡(大笑):哈哈,真是江山易改,本性难移!

【灯光渐暗。

——幕落

第二场

【帷幕前。幕后传来童子的诵读声:"朝上东坡步,夕上东坡步。东坡何所爱,爱此新成树……"

【苏东坡一身农夫打扮,荷锄上,站在舞台左侧。

苏东坡:这一片东坡荒地,是老朋友看我一家衣食无着,帮我从官府那里求来的。有了这片地,我们一家老小总算可以存身了。——出狱这么多时日,我依然觉得自己是个囚徒。照理说,如今的日子,是劫后余生的好日子,可我一点也不快乐。我的心里有两个声音,一个说:"瞧啊,这东坡之外百余步,便是大江,风涛烟雨,朝夕百变!贬谪又如何?穷苦又如何?江山风月,本无常主,闲者便是主人,清风朗月,不用一钱买。"另一个却说:"你不过是在苦中作乐,你骗得了别人,骗不了自己。"

【英和尚披头散发,从舞台右侧上。

英和尚:阿弥陀佛!

苏东坡:我道是谁,原来是个假和尚!

英和尚:我道是谁,原来是个假农夫!

苏东坡:古人云,时闻啄木鸟,疑是叩门僧;又说,鸟宿池边树,僧敲月下门。可见僧和鸟是天生的一对儿。

英和尚:这正是贫僧千里迢迢来寻你的原因。

苏东坡:英大师大驾光临,有失远迎!

【幕启。舞台左侧依然是朝堂。右侧是东坡雪堂。东坡雪堂是几间寒酸简陋的茅草房。墙壁上画的是皑皑雪景。

【幕启时,王闰之、朝云正从悬挂在房梁上的一个竹篮里取钱,把钱分入一个竹筒。

朝云:夫人,上个月的钱又是一文不剩。

王闰之:没有亏空就阿弥陀佛了。

英和尚:阿弥陀佛!

王闰之、朝云(同时):哟!英大师,你怎么找到这儿来了?

英和尚:隔林仿佛闻机杼,知有人家住翠微。洒家来看看这传说中的东坡雪堂。

王闰之(笑):什么东坡雪堂,不过几间茅草屋。

朝云:大师怎么这副打扮?

苏东坡:受我连累,被官家勒令还俗了。

王闰之:真是作孽!

英和尚:你们这是在做什么?

王闰之(指苏东坡):问他,都是他的主意。

苏东坡:这是我从一个老朋友那里学到的理财妙法。每月初一,取钱若干断为三十块,存于一处,每天取出一块供当日之用。晚上再把一天所余藏于另一处,以备不时之需。

英和尚:想不到,东坡居士也是一个"月光族"!

【王闰之、朝云两人将竹篮重新吊起。

王闰之:不错,月月光!

朝云(调皮地):大师,这里的风物如何?

英和尚:此心安处……

朝云(调皮地接口):便是故乡!就知道你会这么说。

英和尚:朝云姑娘锦心利口!

【王闰之拿出针线,缝制一顶帽子。朝云手不拾闲地收拾完桌子,之后拿出一个木盆,把几件衣物放进木桶。

朝云:大师,人家都说你已经三百岁了,你今年到底几岁?

英和尚:洒家与你家先生同年。

朝云:听说你年轻的时候,也考过功名?

英和尚：洒家二十岁举进士，做过一任小官，之后就出家了。

朝云：人人都喜欢做官，你为什么偏偏有官不做？

英和尚：阿弥陀佛，真是善哉此问！

王闰之：还是不做得好，省得担惊受怕。（把高帽子递给苏东坡）帽子缝好了。

【苏东坡把高耸的"子瞻帽"戴上。

苏东坡：这下该死的头疼病有指望了……

【农人一背着背篓，与泼皮儿子叫喊、追逐上。泼皮醉醺醺地撞到苏东坡身上，险些把苏东坡撞倒。

农人一（扔下背篓，瓜果滚落一地）：混账东西！老子打死你！

【苏东坡将农人一拦住。

苏东坡：这爷俩！

农人一：整天饮酒胡混，地里的活儿一点不干！

泼皮：有什么好干！干一年倒欠下……官府的钱！

农人一：人家苏大人一家是什么人？如今不也一样在地里干活？

泼皮：他们能在这儿待几时？哪天一股风吹来，扇扇翅膀便飞走了。我可是要在这儿受一辈子苦！我受够了！

农人一:混账!你还打算上山落草不成?

泼皮:你提醒了我!我明天就去……落草!

农人一:老子先打死你!

【苏东坡拦住农夫一。王闰之拿来凳子和蒲扇。

王闰之:都坐下,消消气!

【农人一不肯坐,蹲在地上。泼皮欲坐,农人将凳子挪开。泼皮坐空,仰倒在地,众笑。

泼皮(爬起来):呸……我跟你们坐不到一条板凳上!(摇摇晃晃下)赤日炎炎似火烧……公子猢狲把扇摇……把扇摇……

农人一:我怎么生了这么个孽种!

苏东坡:来来来,吃杯茶吧。

农人一(接苏东坡递过来的茶盏,又放下):最怕喝你的茶了!一喝,你就让咱讲鬼故事,早都讲完了!

苏东坡:姑妄言之,随便编一个就好!

农人一:老哥,你为什么喜欢听鬼故事?

朝云:因为呀,鬼故事有人情味儿。

王闰之:劳烦你讲一个吧,不然,他就犯头疼病,整宿整宿睡不着觉。

农人一(对苏东坡):咱有件事想问问你,不问清楚咱也睡不着觉。

苏东坡:你说。

农人一:听说你的罪过是写诗?

苏东坡：大抵是吧。

农人一：不写诗会怎样？

苏东坡：总归会平安些。

农人一：那为啥还写？

苏东坡：这就如同吃饭吃到了苍蝇，不吐不快。

农人一：嘿！只要有官做，咱宁愿吃苍蝇！（向往）咱要是做了官，就天天吃油饼，吃了睡，睡了吃！

【内传出一个声音："咱要是做了官，天天只吃油饼，哪里还有工夫睡觉！"众人大笑。内有童声高诵："龙丘居士亦可怜，谈空说有夜不眠。忽闻河东狮子吼，拄杖落地心茫然。"陈季常上。

陈季常（对幕后）：去去去！不许瞎说！

农人一：龙丘居士，孩子们唱的是不是实情？

苏东坡：季常兄，快坐快坐。

陈季常：我坐不住，贱内让我来借点东西……借什么我却忘了……今天真是个好日子。

朝云：你每天都这么说。

陈季常：因为每天都是好日子。

【幕后传来"哞哞"的牛叫声。

王闰之：呦，果然是好日子，老牛要生了！

【朝云闻听，连忙转身去端木盆。

陈季常：哎呀，大嫂都能给老牛接生了。

王闰之：这又不是头一遭。

英和尚:阿弥陀佛,洒家也去帮忙。

【王闰之、朝云端木盆下。英和尚随下。

农人一:二位老哥,你们学问大,你们说人死以后,到底是好还是不好?

陈季常:这件事,只有天知道!

苏东坡:要我说,自然是好。

农人一:为什么?

苏东坡:"死"要是不好,死去的人们早都跑回来了!如今没有一个跑回来,可见是好!

【幕后突然传出一个女人的喊声:"陈李常,快给我回来!一天到晚就知道在外面扯臊!"

农人一:河东狮子又开始吼叫啦!真是个好老婆!

陈季常(使劲跺脚,假装往回走,大声应答):就回来,就回来!(压低声音)二位,贱内的脾气你们是知道的……

【陈夫人上,王闰之、朝云、英和尚随上。

陈夫人(对陈季常):陈季常,我让你干什么来了?

陈季常:来借东西……可是借什么我却忘了……

农人一:要是借男人,我算一个……

陈夫人(打农人一):跟你那倒霉儿子一样没正形!(对苏东坡)还有你,我这悍妇的坏名声都是你老先生传扬的!

【内有童声高诵:"龙丘居士亦可怜,谈空说有夜不眠。忽闻河东狮子吼,拄杖落地心茫然。"

陈夫人(对幕后):好听!使劲儿唱!——(对苏东坡)你得再做一首诗,给我正名!

王闰之:他哪里会作诗。

苏东坡:小牛生下来了?

朝云:眨眼工夫就能站起来走路了,壮实得很!

陈夫人:你们少打岔!(对王闰之)谁不知道这位先生写诗、作文张口就来?"十五年前,我是风流帅"——这曲儿可是他写的?风流帅?真反了他了!你就是脾气好,换了我,有他好看!

苏东坡:真是羞愧杀人。

王闰之:不劳你动手,就会有人要他的命。到处都是眼睛和耳朵。

陈夫人:眼睛和耳朵们在哪儿呢?都出来!连话都不让说,还让不让人活了!

陈季常:行行好,你就别在这儿添乱了。

陈夫人:我就是要添点儿乱!大嫂,朝云妹妹,今天咱们也出出气!凭什么他们整天吆五喝六、三妻四妾,咱们就只能忍气吞声、围着锅台转?姐不是善妒,姐是气不过!(对苏东坡等人)你们几个,今天好生伺候伺候我们几个老娘们儿,今天我们要好好唱一唱!

（对英和尚）老和尚，你也别闲着！

英和尚：阿弥陀佛，真是爽快人！

陈季常（深吸了一口气）：我闻到香味了！

朝云（走到锅灶边，掀开锅盖）：肉煮好了！

陈夫人：今天我们吃东坡肉！

王闰之：别说得那么吓人。

苏东坡：可惜家里没有酒了。

【王闰之转身进屋，搬出一坛酒，放在桌子上。

陈季常：真是好大嫂！

王闰之：这坛酒我一直藏着，就防备你们有叫短儿的时候。

【泼皮上。

农人一：哪儿有酒哪儿就有你，酒是你爹！

泼皮：酒、你（走到大锅边，从锅里捡起一块肉填在嘴里）——还有肉，都是我爹！

农人一：我打你这个仨爹的狗东西！

王闰之（护着泼皮）：好好跟你爹说话！

【朝云怀抱琵琶演奏。苏东坡、陈季常、英和尚、农人一、泼皮等人作势起舞。

朝云（领唱）：黄州好猪肉。

众人（唱）：嘿嘿！

苏东坡：价贱如粪土。

众人：嘿嘿！

陈季常：富者不肯吃。

众人：嘿嘿！

朝云：贫者不解煮。——慢着火，少着水，火候足时它自美。

众人（齐唱）：嘿嘿！火候足时它自美！

每日起来打一碗，嘿嘿！

饱得自家君莫管，嘿嘿！

饱得自家君莫管，嘿嘿君莫管……

【舞台右侧灯光渐暗。众人舞罢，或坐或卧，猜拳行令，饮酒笑闹。

【舞台左侧灯光亮起。宋神宗半躺在龙椅上，读手里的手卷。看上去，宋神宗的身体已经很衰弱。西坡及大臣一、大臣二、大臣三等人肃立一旁。

【苏东坡端着酒杯走到前台。

苏东坡（沉郁地）：月明星稀，乌鹊南飞，此非曹孟德之诗乎？

【音乐起。舞台左侧，宋神宗轻轻一拍手，歌舞伎应声而上。歌舞伎随着《水调歌头》的旋律翩翩起舞。宋神宗、西坡等人脱掉官帽，与歌舞伎一起舞蹈。

苏东坡：大江东去，浪淘尽，千古风流人物。故垒西边，人道是，三国周郎赤壁。乱石穿空，惊涛拍岸，卷起千堆雪。江山如画，一时多少豪杰。遥想公瑾当年，小乔初嫁了，雄姿英发，羽扇纶巾，樯橹灰飞烟灭。故国神游,多情应笑我,早生华发。人生如梦,一樽还酹江月。

【吟咏毕,苏东坡醉卧在舞台上。

【宋神宗回到龙位,突然使劲把桌案一拍。众大臣都吓了一跳。

宋神宗:他这是怕吃棒子了!(咳嗽)自从去了黄州,他的文风变了。

大臣一:臣认为,苏轼这种辞章、舌辩之士,百无一用,只会聒噪!

大臣二:他的文章调子貌似乐天知命,实则晦暗陈腐,让人读了觉得人生毫无意义。

宋神宗:你们不懂。他这些文字是对千古伤心人说的。苏轼这个人,虽然与你们立论不同,但他是忠于朕的,这一点,朕心里有数。

西坡:陛下,苏轼是一代之宝。他的诗文俊逸豪放,千古一人,有这样的文字,是本朝的光荣。

大臣三:苏轼自称不再亲笔砚,在黄州几年,却写出了很多流布甚广的诗文,可见他并不是真心悔过……

宋神宗:朕倒是很想看看写出了前后《赤壁赋》和《大江东去》的人如今是个什么样子。

大臣二:陛下,苏轼虽然才高,但所学不正,万万不可重新起用……

【宋神宗摇摇手,缓下。众大臣随下,舞台左侧只剩下西坡一人。舞台左侧灯光转暗,右侧灯光渐亮。西坡走向苏东坡这边。

【苏东坡醉眼蒙眬,看着西坡从朝堂走到东坡雪堂,只有他一个人看得见西坡。

苏东坡:恭贺……西坡兄高升,荣任……副相!

西坡(走到灶台前,揭开锅盖):过得不错,居然有上好的肉吃。(走到苏东坡身边坐下来)几年不见,一向可好?

苏东坡:过去的苏子瞻已经死了。你见到的是另外一个人。

西坡:最近可有新词?

【苏东坡摇手否认。

西坡:你瞒不了我。你的诗文已经传到皇上那里去了。诗意不仅在霸陵桥风雪中驴子背上,也在贬谪中,在流放中。

苏东坡:没有什么诗文,(指指头)我是在治自己的病。我得了一种奇怪的头疼病。招不得风,受不得寒,发作起来头疼欲裂,了无生趣。

西坡:这真可谓高处不胜寒了!(摘下苏东坡的帽子,戴在自己头上)戴这高帽可有用?

苏东坡:聊胜于无。

西坡:我看你得的是心病。自古以来,多少隐士,身在林下，心在朝廷，你也未能免俗。

苏东坡：什么隐士。我不过是一个流放的犯人。（指着陈季常等人）我们在这里苦中作乐、自生自灭……只有太阳、月亮、风和花给我们安慰……（陈季常、陈夫人、农人一、泼皮等醒过来，陆续下场）这些人全都是我的同党……他们受的是终生流放、终生贬谪……只不过他们不把这当成流放和贬谪。（打嘴）呸，休要胡说！——那边就是赤壁，走，我带你去畅游赤壁！

【朝云端一碗水上。苏东坡挽着西坡的胳臂虚拟上船。

苏东坡：迈腿！（纵身一跳）站稳！

朝云：老爷，你又喝醉了。

西坡：亏你作了那么多有关酒的诗文，你的酒量不及我十分之一。

苏东坡：量小不是错……我一杯酒下肚，就能达到你们喝一升的高度……可谓平地起醉乡……

朝云（把水杯递给东坡）：老爷，你在跟谁说话？

苏东坡：我依稀见到了我的老朋友。你回去……不用管我。

【朝云下。

苏东坡：你看这长江，这波涛……那边，就是当年周公瑾大破曹操的地方……

西坡：跟过去相比，我更喜欢你现在的诗文。

苏东坡：与万能的造物相比，我们不过是沧海之一粟……

西坡：如果重回朝廷，你会怎样？

苏东坡：你……莫不是在试探我？

西坡：如今你连我都信不过了？

苏东坡：如能复起，我自然还是知无不言，言无……不尽！

西坡：真是个犟种！口无遮拦，是你的一病。

苏东坡：我们都是命定的囚犯。当初，在御史台监狱的时候，我曾经有机会逃走。有一天，不知是故意还是因为疏忽，门开着，没有看守，我走出了监狱。可当我走到门外的时候，我却发现自己无处可逃。因此我又走回了监狱，等候最后的判决……

西坡：好在你我兄弟没有陷入这场荒唐的争斗。

苏东坡（突然头疼，抱住头）：啊，又来了，这该死的头疼……我这该死的脑袋里一片混沌，全不由自家做主……

西坡：这么一颗既混沌又疼痛的头颅，要它何用？倒不如当年砍去的好！

苏东坡：骂得痛快……好痛快！（头疼难忍）啊！何以解忧，唯有头痛！咱们还是唱歌吧……（醉醺醺地起范儿）……桂棹兮兰桨，击空明兮溯流光，渺渺兮予怀,望美人兮……黄州好猪肉……嘿嘿,价钱贱如土……

【歌声中,西坡起身作别。苏东坡喷着酒气,以手指口,摇手,不说话。西坡走回舞台左侧朝堂,从金门下。苏东坡醉倒在地上,鼾声如雷。

【王闰之、朝云、英和尚上。王闰之收拾地上的杯盘碗盏,朝云收拾掉落在地上的纸笔。

王闰之:酒是他的睡觉丹,比什么都管用。一个不能喝酒的人倒成了酒迷糊。

朝云:打呼噜能打出句读来。听,(随着苏东坡的鼾声打节拍,轻轻吟诵)夜饮东坡醒复醉,归来仿佛三更。家童鼻息已雷鸣。敲门都不应,倚杖听江声。长恨此身非我有,何时忘却营营。夜阑风静縠纹平。小舟从此逝,江海寄余生!

【苏东坡最后打了一个"休止鼾",像一声叹息。

英和尚:阿弥陀佛!醒醉皆非我,大千一禅床。

【灯光渐暗。静场。

【一阵婴儿的啼哭声突然破空而来。

【灯光渐亮。婴儿的啼哭声时时传来。苏东坡登高,从房梁上取下储罐。泼皮站在一旁。

苏东坡(开玩笑地):还没去落草?

泼皮:改天去。——朝云嫂嫂生了?

苏东坡:生了。(从高凳上下来)几天前,刚把钱交给救儿会。

泼皮:还是不够啊!主事的让我再来找苏先生求一些。

苏东坡(数钱):哪里能够呢。佛言杀生之罪,以杀胎卵为最重,六畜不为,何况是人。咱这一带乡下,贫苦人家养不起那么多孩子,很多新生儿刚生下来,就被溺死,这件事,我闻之心酸……

泼皮:谁能不心酸呢?

【泼皮几次去接苏东坡手里的钱,都没能成功。最后,苏东坡将储罐里的钱全倒出来,一并交给泼皮。

苏东坡:都拿去吧。

泼皮(喜出望外):多谢苏先生!苏先生发起了救儿会,有多少孩子得以活命。黄州父老乡亲永远感谢先生的大恩大德!

【泼皮作势下跪,苏东坡连忙搀扶。

苏东坡:使不得!使不得!

泼皮(紧紧攥着钱袋,走到下场口):真是一个老书呆子。老子打酒去!

【王闰之挑着一担水上。泼皮急下。王闰之放下担子,走到桌边,捧起桌上的瓦罐。

王闰之:钱呢?

苏东坡:刚刚给救儿会拿去了。

【王闰之失手,瓦罐落地,"砰"的一声破碎。

王闰之:家里一文钱都没有了,这一大家子人吃什么呀!

苏东坡(理屈地):人为什么非要吃饭不可,这可真荒唐。

王闰之:你这么说才荒唐……

苏东坡:我来黄州,不得签署公事,只要促成这一件事,也就心满意足了,即使穷死、饿死,也可瞑目……

王闰之:你死你死,你说得轻巧!你死了,孩子怎么办?这一大子家人怎么办?

【朝云抱孩子上,孩子不停哭闹。王闰之擦掉眼泪,接过孩子。

王闰之:遁儿,遁儿!孩子这是饿的……

朝云(小声):夫人,家里是不是断粮了?

王闰之:不用你管。再怎么也不能委屈你和遁儿。可怜的遁儿……这孩子长得最像他,但愿别像他这么倒霉。(故意大声地)我给你们去盛东坡汤!

【王闰之把孩子交还给朝云,走到灶火前,掀开锅盖。英和尚上。

英和尚:洒家也来讨碗东坡汤。什么是东坡汤?

朝云(笑):就是白菜青菜豆腐汤。

苏东坡(接过孩子,逗哄):确有几分像我。众人生儿盼聪明,我被聪明误一生,但愿吾儿愚且鲁,无灾无难到公卿……

王闰之:还是不要当什么公、什么卿的好。

英和尚:洒家听到过几句妙语:无事以当贵,早寝以当富,安步以当车,晚食以当肉。

王闰之:要我说,这些话全都是饿出来的。

英和尚:这些话,是另一种"东坡汤"。

朝云(笑):大师,我们这些年就是靠自制的"东坡汤"活下来的。

苏东坡(摇晃怀里的孩子):遁儿,咱们这辈子就黄州了,苦也是它,甜也是它……但愿吾儿愚且鲁,无灾无难乐黄州……

【天突然暗下来。天空中闪过一道闪电,继而是雷声。内传出一个声音:"皇上驾崩了!"

【黑场。声音再次响起:"圣旨下!黄州团练副史苏轼汝州安置,钦此!"

苏东坡(慌忙伏地叩头):臣苏轼遵旨!

【孩子哭声大作。

苏东坡:老和尚,我命到底如何?

英和尚:阿弥陀佛!龙枝已逐风雷变,减却虚窗半日凉!

【英和尚下。

【灯光渐渐转暗。仆人拉车,苏东坡、王闰之、朝云抱着襁褓里的孩子跟在后面。孩子的哭声一直不断。

　　苏东坡：遁儿怎么样了？

　　朝云：一直在发烧。

　　王闰之：这么小的孩子跟着我们四处奔命，真是作孽！

　　【孩子的哭声越来越微弱，突然停止。灯光亮起。朝云怀抱儿子，苏东坡、王闰之跪坐在旁边。

　　朝云：遁儿，遁儿！

　　王闰之：孩子怎么了？

　　朝云（大放悲声）：遁儿，我的遁儿啊！

　　王闰之：遁儿，遁儿，你醒醒……老天爷，求你把遁儿还给我们吧……让我老婆子把遁儿换回来吧……

　　苏东坡（哭泣）：可怜的孩子……（哀叫）吾年四十九，羁旅失幼子。吾老常鲜欢，赖此一笑喜。归来怀抱空，老泪如泻水……

　　【黑场。舞台上只剩下苏东坡一个人。

　　苏东坡：这鲜活的生命，如同他的名字一样，经历了人间最美丽的一瞬……还没有领略什么是丑恶，就遁去了，回到了来时的地方，也好，也好……

　　【王安石疯疯魔魔上，时而清醒，时而糊涂。

　　王安石（自言自语）：西风昨夜过园林，吹落黄花遍地金。混账,全都是混账东西!

苏东坡:老丞相!

王安石:子瞻,我看见我的儿子了。你的小儿死于道路,我的独生儿子,三十三岁死于宦途之中。

苏东坡:罪人苏轼野服拜见老丞相。

王安石:哪里有什么丞相?哪里有什么罪人?只有秋风和落叶。

苏东坡:老丞相当年为我进言,苏轼感激不尽。

王安石:一个渺小的人能做什么呢?我的儿子,如果不是我的儿子,断不会发疯而死。

苏东坡:介甫公做宰相,力主经世致用,富国强兵,如今国未富,民实穷,人人狡狯无礼,这是介甫兄想要看到的吗?

王安石:子瞻,你是了解我的。我在变法之初即立下誓言,绝不行一不义,杀一无辜。

苏东坡:人心惟危,把政治清明,寄托于人的良善,焉能不败?——如今老虎、犀牛都跑出了笼子危害人间,到底是谁的过错呢?

王安石:谁的过错?你不知,我也不知。(停顿)子瞻难道还想蹚这摊浑水吗?宦途小人纷纷,不足留恋。参禅悟道,了却生死才是人生要事。

苏东坡:在下哪里还有复起之心!我已经在太湖买田卜居,奏请皇上恩准归休林下。

王安石:高位会使一个人眩晕。当朝诸公,都是我举荐提携之人。我经历了各种各样的背叛。真是好一片秋色！——(突然疯癫)啊,我看到我那苦命的儿子了,他正在阴间受苦,我要去寺庙烧香,为他赎罪。——登临送目,正故国晚秋,天气初肃……

　　【王安石并不与苏东坡打招呼,转身摇摇晃晃下。

　　苏东坡(喟叹):这还是那个极言"天变不足畏,祖宗不足法,人言不足恤"的拗相公吗？

　　【内有声音传出:"圣旨下！汝州团练副史苏轼任登州太守！"

　　苏东坡:臣苏轼遵旨！

　　【声音再次传出:"圣旨下！登州太守苏轼速速回京,以朝奉郎除礼部郎中,钦此！"

　　苏东坡:臣苏轼遵旨！

　　【灯光转暗。

　　——幕落

第三场

【帷幕前。苏东坡身穿朝服,从舞台左侧上。

苏东坡:我居然又回到了这里,真像是大梦一场。

【西坡从舞台右侧冷笑上。

西坡:忘恩负义,无如是者!他落难的时候,我千方百计搭救;他被重新召回朝廷,我真心为他高兴。可是短短几个月时间,他和他的同党便不问青红皂白,尽罢新法,对新派人物悉数重贬。他的兄弟苏辙苏子由等人下死力弹劾我,他却态度暧昧,一声不吭!我一向把他当朋友,而他,却向我拔出了刀!

【幕启。舞台左侧是朝堂,右侧是荒原。苏东坡、西坡转身,分别从金门上、黑门上。

苏东坡:西坡兄。

西坡：没有什么西坡兄！现在，坐在审判席上的人是你了。几个月之内，你从戴罪之身，连升数级，一跃而为朝廷重臣，你一定很得意吧！

苏东坡：圣上年幼，太皇太后擢我为翰林学士、皇上侍读。这都是皇上和太皇太后的恩典。

西坡：你们把包括我在内的新派主脑定为"三奸""四凶"！真是好手段！我西坡是什么人，你不是不知道。我把名誉看得比什么都重要，这一个"奸"字，比杀了我还要歹毒一万倍！

苏东坡：对新派的处置，是朝廷大事，不是哪一个人的私意。

西坡：你心里清楚得很，这只是一场倾轧，一场龌龊的、赤裸裸的倾轧。多么讽刺啊，多年前，我受命在南方用兵，征服南北江群蛮，开拓疆土数百里，你作诗祝贺，说什么"功名谁使连三捷"，而现在，你却说我穷兵黩武，劳民伤财，我到底应该相信哪个苏轼苏子瞻呢？

苏东坡：我也是就事论事。我痛恨流血，痛恨战争，不管是什么样的战争。战争对天下苍生有百弊而无一利。

西坡：我原本以为，经过牢狱和贬谪，你能给朝廷带来清新的空气，没想到，你和你的同党更加龌龊。什么旧法、新法，一点也不重要！一切倾轧都在变法的名义下进行!

苏东坡:你要知道,这是一个大局。我当初被贬谪,那是你们的大局,新派的大局。

西坡:去你的大局,毫无心肝的大局!这是更恶劣的阴谋和构陷,是背叛和出卖!——看啊,这个伶牙俐齿、妙笔生花的人,当他的屁股坐在这里的时候,他竟变成了另外一个人!

苏东坡:你是新派的主脑,自然要和他们承担同样的责任。

西坡:我感谢你,你把我从友情的迷梦中唤醒了。这些年,我一直把你当作我的异姓兄弟,我原本以为你我兄弟可以各持主张,并立于朝。多么幼稚!我没有看错他们,唯一看错的是你,你!

苏东坡:我并不想为自己开脱。在我心里,你永远是我的朋友,我的兄长。事已至此,我只能向你道歉。

【苏东坡向西坡拱手,深鞠一躬。

西坡:不必假装公允了吧。我心中的一点良善被你一脚踩死了。我很好奇,如今你的头疼病彻底痊愈了吧?每天都会笑醒吧?

苏东坡:恰恰相反。

西坡(从袖子里掏出一叠纸):这是你这些年写给我的信,你的文字、墨迹,世人像宝贝一样珍藏,对我来说,它们却一钱不值!——苏大人,我们到此为止!

【西坡将信件撕得粉碎,扬到空上,纸片散落一地。

【内传出一个声音:"圣旨下!门下侍郎西坡,轻薄无行,动多狂悖。鞅鞅非少主之臣,硁硁无大臣之节,即日迁离京都,汝州安置。钦此!"

西坡:臣遵旨!这些文字里有他的气味,真是绝妙好辞!

【西坡狂笑着从黑门下。

【暗转。西坡上,他的身后,一个老仆拉着车,一众家人跟在后面。

【苏东坡、王闰之、朝云从舞台左侧上,目送西坡一家离去。

王闰之:你不该这么对待他。他是你最好的朋友。

朝云:是啊,为什么非要贬谪他,让他受咱们同样的罪呢?

王闰之:我宁愿还在黄州,一辈子待在黄州。

【苏东坡烦躁地伸出手。朝云会意,倒了一小杯酒,递给苏东坡。

苏东坡:大杯!

【朝云换大杯为苏东坡斟酒。

【苏东坡饮了一大口酒。

苏东坡：我的心里很不安稳。休说别人，我自己都认不出自己来了。无论如何，我伤害了我最好的朋友，最好的兄弟……

【大臣四、大臣五、大臣六、大臣七从舞台两侧分上。前两位穿紫色官服，后两位穿青色官服。

大臣四：新派小儿的变法措施必须一概革除！

苏东坡：新法固然多种不是，可也并非一无是处。

大臣五：新法当然一无是处。

苏东坡：某些新法已实行多年，利多于弊，突然废止，会给百姓带来诸多不便，切不可因人废法。

大臣四：新法是一干奸人所制，即使对民生稍稍有益，也是居心叵测，必须无条件废止。苏大人，你对新法的态度前后不一，真真令人费解！

苏东坡：事事寻求前后一致，那是蠢材和教条夫子们的做法。——大人此论，好有一比。

大臣四：比作什么？

苏东坡：好比王八踢人。

大臣四：王八腿短，如何能踢人？

苏东坡：腿短就不能踢人了吗？公所立之论腿短，也能踢人，这就叫王八踢人。

大臣四（厉声）：苏大人，你到底站在哪一边？

苏东坡：自然是站在道理一边……

大臣五：真是岂有此理！苏大人，你那半年的牢算是白坐了！

大臣六：不要再纠缠于新法旧法了吧。王八踢人？成何体统。苏大人，你身为朝廷重臣，出言如此鄙俗，全无大臣之体。

大臣七：立国之本，在于遵循天理，在于遵从圣人之礼：非礼勿视，非礼勿听，非礼无言，非礼勿动……

苏东坡：不错，你们诸位都是道德高尚的人，衣服穿得一丝不苟，书法写得规规矩矩，常年吃素不杀生。可你们如此这般，难道要把天下人全都变成百事不为、只图清静的书呆子吗？诸位君的道学理学固然高妙，长此以往，却会把朝野上下搞得一派死气……

大臣六：做人自然要讲规矩，如今的规矩讲得还不够，远远不够！万物皆出于理，人间正道在于存天理、灭人欲，人人遵从天道，清心寡欲，国家社稷才能长治久安……

【苏东坡突然失笑。

大臣七：我看不出这有什么可笑！

苏东坡（止住笑）：公以为苏武何如人也？

大臣六：苏武出使匈奴一十九年，牧羊北海，持节不屈，他的人品何劳你我多说？

苏东坡：苏武在匈奴娶妻生子，可有此事？

大臣七：你到底要说什么？

苏东坡：连苏武这样的品行高洁之士，都不免与胡妇生儿育女，可见"灭人欲"甚难。

众大臣（忍不住笑，继而全都把脸一肃）：荒唐！荒唐！荒唐！

【众大臣下。

苏东坡（向着幕后大声地）：诸位君的高论，好比饮食龙肉，我的所学，好比吃猪肉，猪和龙，自然大有分别。不过你们终日说龙肉，让人到哪儿去吃？倒不如我吃猪肉，味道美而且真能吃饱！

王闰之：你这样把人全都得罪光了！为什么非得跟人吵架呢？你忘了得罪人的后果了吗？

苏东坡：我不能为了自己的荣华富贵，明哲保身，当个八面美人。

【苏东坡、王闰之、朝云下。

【舞台右侧，灯光亮起。西坡穿一身道服，出现在舞台前部，身边的树枝上悬挂着一只鸟笼，笼中有一只鹦鹉。大臣一、大臣二、大臣三出现在舞台的后部，这几个人都穿浅色官服。大臣二独坐一隅，一动不动。

西坡（逗弄笼中鸟）：他们自己也打起来了！真是一件再好没有的事。

大臣一：国家积贫积弱，老相王安石想通过变法富国强兵，苏子瞻等人也希望富国强兵，只是主张渐进。我们没有错，他们也没有错。可这究竟是谁错了？

西坡：谁都没有错，错在先皇死得太早！

大臣三：我正在学习种白薯。白薯要是能长在树上就好了。

大臣一：古语云：除恶务尽。我们当初还是太仁慈了。苏子瞻此人，与我们不合，如今在朝中，又与老派不合，把自己弄得里外不是人，也是一奇。

大臣三（对着月亮）：啊，月亮升起来了。——（吟诵）人有悲欢离合，月有阴晴圆缺，此事古难全。多么不幸，我们得用敌手的词句抒情。无怪乎人家都说，我们当年贬谪苏子瞻，是忌恨他的天才。

大臣一：但愿我有他那样一支妙笔。（戴上一顶"子瞻帽"）要论文章、书法和画，你们都比不上我！

大臣三：为什么？

大臣三（指着头上的帽子）：你没看见我戴着子瞻帽吗？

【大臣一、大臣三大笑。

西坡：他戴那滑稽的高帽是因为患了头疼病，如今连这也竞相模仿！他那些油腔滑调、自以为高妙的诗文令我掩鼻，所有的词句后面都有一个忘恩负义的小丑！

【大臣二一直悲戚地坐着,现在突然抽噎着哭出声来。

西坡:这是为什么?

大臣一:他的爱妾染上了瘴气,死了。

大臣二(站起身,哭诉):这次跟我同行的,只有我的爱妾琵琶和我的鹦鹉。过去,我一敲茶杯,鹦鹉就会叫"琵琶、琵琶"。现在,琵琶死了,我只有鹦鹉了。——啊,鹦鹉声犹在,琵琶事已非。堪伤江汉水,同去不同归!

【大臣二突然倒地,死去。

西坡:当朝诸公也必有今日!司马光、苏子瞻等人尽改先帝法度,必有后患。

大臣三:恐怕我们等不到东山再起,就被瘴气要了老命。

西坡:我们都要活着,好好活着。

【大臣一、大臣三拖大臣二下。鹦鹉:大人万福!大人安康,大人万福! 大人安康!

西坡:这世道,人还不如鸟。——多谢珍禽不随俗,谪官犹作贵人看!

【一封信函从天而降,西坡从空中接过信。

西坡:这是他的来信。幸灾乐祸的来信。我倒要看看他是怎么说的。

【苏东坡上。

苏东坡：西坡兄，多日不见，一向可好？

西坡：好，好，好得很。

苏东坡：兄长性情刚烈，遇事多不能忍，万望珍重。如今你我都已过了知天命的年纪，但愿能将一切放下。

西坡：放下？为什么要放下？你我都是俗人。不管你说得多么动听，我知道你有多么热爱宦游生活。我们都热爱权力，热爱献身和流血，当然是献别人的身、流别人的血。

苏东坡：兄长如今远离纷扰，真与归隐无异。我在朝中，诸事烦扰，甚觉荒诞，时有归隐之想。我很希望早日践行先前的约定，与兄长聚首林下。

西坡：我老了，记性不好，记不得有过什么无聊的约定了。苏大人，收起这些假惺惺的鬼话，好好享受春风得意的好日子吧！（将信撕碎，扔掉）我的命贱，路死路埋，沟死沟埋，用不着谁来可怜。

【鹦鹉："友谊的小船说翻就翻！友谊的小船说翻就翻！"大臣三上，捡拾地上的纸片。

大臣三：我历来爱说公道话，苏东坡的书法端的是好，怎么可以因人废字？

【大臣三下。王闰之、朝云上。

王闰之：一位大人的家人在外面等你的回信。

苏东坡：他怎么每天都有信来？

王闰之：写信为了得到回信。他们家隔不几天就用你的信札去换羊肉，一封信能换好几斤羊肉。

苏东坡：你们告诉他，今日断屠，没地方买羊肉！

朝云（笑）：王羲之用字换鹅，你的字可以叫作"换羊书"了。

苏东坡：真是莫名其荒唐。（停顿，指着自己的肚皮）你们说，这里面装的什么？

王闰之：还能有什么？五谷杂粮。

【苏东坡摇头。

王闰之：还有一样儿，专门惹祸的墨汁！

朝云：要我说呀，里面是一肚皮不合时宜！

苏东坡（苦笑）：真真说到我的病根上了！

王闰之：唉，我现在变成一个唠叨鬼了。在这儿，我觉得自己一点用处也没有。当初在黄州，日子那么难，可我们总是有办法过下去。那时候，我记得每一天、每一刻是怎么过的。现在，我经常把日子数错。我大概是老不中用了。

【王闰之、朝云下。

西坡：不合时宜？这是幸福的烦恼，得意的烦恼。我这里装的又是什么？

苏东坡：一肚子谋反的兵法。

西坡：当年你就是这么说我的，现在我把这句话奉还给你。

苏东坡：朝廷并不适合我。我已请求外放，圣上和太后已经恩准，特许我到杭州做太守。

西坡：那是你的事。是去是留，随你的便。

【黑场。

【劳动号子声响起。杭州西湖工地，工人们在筑坝建桥。苏东坡、英和尚分别从舞台两侧上。此时的英和尚已经落发，一身僧装。

英和尚（施礼）：阿弥陀佛！请问施主高姓？

苏东坡（开玩笑地）：我姓秤，秤天下和尚轻重！

英和尚：施主所来何事？

苏东坡：稽首天中天，毫光遍大千。八风吹不动，端坐紫金莲。在下奉上这首诗，请老和尚开示，老和尚却答曰"放屁"，是何道理？在下特来请教。

英和尚：东坡居士学佛浅尝辄止，仍然是一个门外汉！底什么八风吹不动？分明一屁打过江！

苏东坡（大笑）：寡人反取病焉！

【苏东坡、英和尚走上堤坝。

苏东坡：杭州，十年前，我在这里做通判，十年之后，我又回到了这里。

英和尚：这比当年如何？

苏东坡：当年，我只是一个属吏，百事不能为，整天歌舞宴饮，醉生梦死，简直是活在酒肉地狱，这回却要切实做事。

英和尚:白乐天诗云:"未能抛得杭州去,一半勾留是此湖。"这西湖阻塞多年,无人过问。如今学士在此做守,疏浚水道,筑堤架桥,杭州幸甚,西湖幸甚!

苏东坡:西湖是杭州的眉眼,怎么可以堵塞?杭州百姓饮水、运输全赖西湖。在这里建一座堤坝,一座沟通的桥,是我多年的愿望,今天终于可以实现。

【衙役上。

衙役:大人,有人告状。

苏东坡:带上来!

【英和尚下。衙役押一被告上。

苏东坡:有人告你欠债不还,可有此事?

被告:老爷明鉴,小民实在是万不得已。我是开扇子店的,去年家里突遭变故,留下了一笔扇绢债务,今年夏天天阴多雨,人们都不买扇子,是以小人不能按时还债,并非赖债不还。

苏东坡:把扇子呈上来。

【被告将一柄折扇呈上。

苏东坡(端详扇子):质量还不错。本官帮你卖扇还债。

【音乐起,苏东坡提笔濡墨,在扇子上写诗、作画。歌舞伎上,且舞且唱:"波光潋滟晴方好,山色空蒙雨亦奇。欲把西湖比西子,浓妆淡抹总相宜。"背景屏幕上出现苏东坡的书法、绘画图像。一把把扇子传出去,人们争先恐后抢购。

【一个声音:"快看啊,大坝建成了!"

【西坡上。

西坡(一下一下拍手鼓掌):多么风雅!好,干得好!就西湖建堤建桥这件事,我要夸赞几句:天面长虹一鉴痕,直通南北两山春!可你不要忘了,当年,你在徐州造了一座大堤,不久便被贬谪到黄州,"低"了数级,还差点掉了脑袋。这回你又在杭州造了一座堤坝,依老夫看,离倒霉不远了。

【苏东坡、西坡两个人一起走到舞台前端。

苏东坡:这十年,我有时在朝,有时外放。扪心自问,我并没有尸位素餐,总算做了一点力所能及的事。

西坡:说得多漂亮!一旦你身处其中,操起的便不是抒情的纸笔,而是要人命的刀剑。

苏东坡:东坡正在成为一个梦,一个遥远的梦境。天知道我多么怀念黄州,多么怀念在东坡耕作的日子。

西坡:天知道你这么说有多么言不由衷。只有坐在高位上,你才会发出这种违心的感叹。我这辈子输了。输给了一个天才的伪君子。皇上是你的学生,太皇太后是你的恩主。我什么都没有,我只是三奸四凶之一。我会背着这个恶名进入坟墓。

【灯光突然暗下来。舞台上一片漆黑。

【内突然传出一个声音:"太皇太后宾天了!"

【静场。

苏东坡:太皇太后……

西坡:太皇太后宾天,皇上已年满十八岁,即将亲政。这十年,太皇太后摄政,皇上未尝可否一事,必有所待!

【西坡急下。

【灯光渐渐转暗。

——幕落

第四场

【帷幕前。宋哲宗赵煦上。

宋哲宗：走开，都给朕走开！这十年，朕只是名义上的皇帝。你们奏事，只对着太皇太后，视朕为无物，当朕是空气，朕只能看到你们的屁股！

苏东坡：太皇太后受先帝顾托，辅佐圣上。这十年，朝廷清明，天下无事，实乃天下百姓之福……

宋哲宗（打断苏东坡）：朕忍耐你们已经够久了。你们假借太皇太后的旨意，尽废先帝变法大业，陷朕于不忠不孝之地。从今以后，朕要秉承先王的遗志，重振新法！

苏东坡：陛下，如今的太平气象来之不易，万不可率性行事。

宋哲宗：马上把新法大臣西坡等人召回朝廷！那

些朕只看见过屁股的人,朕一辈子也不想看见他们的脸!

【宋哲宗下。

【内有一个声音传来:"圣旨下!制曰:资政殿学士、提举杭州洞霄宫西坡,器识博大,清正刚强。学通百家,才能邦国。十年去国,不改初志。特授左正议大夫、守尚书左仆射兼门下侍郎。钦此!"

【众大臣的声音:"恭喜丞相,贺喜丞相!"

【幕启。西坡身穿官服,从金门威风凛凛上。

西坡:这里的气味、颜色一点都没有变。我好像从来没有离开过这里。十年仿佛压缩成了一瞬,这可真奇怪。(抽抽鼻子)只是似乎多了那么一些血腥气。(看到苏东坡,轻声地)呦,我看见谁了?

苏东坡(施礼):恭贺丞相还朝!

西坡:你胖了,胖成了两个苏子瞻。我讨厌胖子。

苏东坡:我也讨厌胖子。

西坡:十年生死两茫茫。不思量,自难忘。你做梦也想不到我还会回来吧?

苏东坡:的确像是在做梦。

西坡:我也像是在做梦。我无数次梦到过你,尽管我一点也不愿意。你在黄州写下了前后《赤壁赋》《大江东去》,我写下的却是《耻辱赋》和《忘恩负义赋》。这些无形的文字都刻在这里,(指着自己的心口)这儿。

苏东坡:你看上去气色不错。

西坡:这都得感谢你。你现在见到的也是另外一个人。整整十年,我用十年的长度平息怒火,用十年的长度虔诚祈祷。这十年间,我一口冷水也不喝,每日静修打坐,担心生病,唯恐被你和你的同党认为是沮丧所致。

苏东坡:我跟你不同。我在黄州的时候,日出而作,日入而息,把命运全部交付于造物,任由命运流转。

西坡:这十年,是毫无希望的等待。我几乎要绝望了。因为你屁股底下的椅子是稳固的,因为圣上是你的学生。可是有什么办法呢,现世报法则生效了。你的算盘打错了。人算不如天算。

苏东坡:我从来没有打过这种算盘。

西坡:我原本是要发火的,可我宁愿像现在这样平心静气。(征询地看着苏东坡)苏大人,你觉得你我还能够并立于朝吗?

苏东坡:那要看丞相和新派诸公有没有这个雅量。

西坡:没有,当然没有。

【大臣一、大臣三上。

西坡:西北的战事有什么消息?

大臣一：回丞相，我大军与西夏人激战数日，破敌三十万，现已尽数收回失地。

西坡：干得好。国家大事，在祀与戎。西夏的威胁解除，总算了我们的一桩心腹大患，也足以告慰先帝的在天之灵。

大臣一、大臣三：是，丞相。

西坡（对苏东坡）：用你的话来说，这是一个大局。你要是像我一样挨过致命的一刀，你就知道我此刻的心情了。如果你是现在的我，你又当如何呢？

苏东坡：我这次会得到什么罪名？

西坡：毁谤先王，破坏新法。

苏东坡：还是以前的陈词滥调，一点也不新鲜。

西坡：你根本不需要新的罪名，旧的已经足够了。这股乌烟瘴气，这股倾轧的恶臭，我们必须好好分享。

苏东坡：高位果然能使一个人眩晕。好，好得很！

西坡：我从你身上学会了不少东西。我很高兴看到你再次被贬谪。你想去哪儿？你可以挑一个地方，我一定会替你禀报圣上。

苏东坡：在下告辞。

西坡（突然提高声音）：且慢！

【西坡拍了几下手。大臣一、大臣三假扮猛虎突然蹿出来，扑向苏东坡。苏东坡下意识地后退了几步。

西坡：来吧，我们重温一下二十多年前的一幕吧。二十多年前，你我结伴同游，在山中遇到猛虎，你拨马转头就跑，是我急中生智，用佩剑敲击石头，吓走了老虎，你我才得以脱险。

苏东坡：我从来不否认你有过人的勇气。

【西坡一挥手，大臣一、大臣三在舞台后部支起一根高高的横木。

西坡：同样是二十多年前，你我进山游历，在万仞绝壁之间，横架着一条独木桥，你两股战战不敢通过，是我，走过那独木桥，在对面的石壁上，写下了你我两个人的名字！

苏东坡：我现在仍然心有余悸。

西坡：我清楚地记得你当时说的话，你对我说："你将来必能杀人——能自拼命者必定也能杀人！"

苏东坡：我不过是在开玩笑。

西坡：这不是一般的玩笑。这句话塑造了我。打那以后，我一直告诫自己要宽以待人，不要莽撞行事。现在看来，我要是不杀个人，都对不起你的预言！

苏东坡：多么荒唐！

西坡：去吧，胆小鬼，登上那座独木桥吧！只要你敢走上一遭，我就奏请皇上，赦免你所有的罪过！

苏东坡：我一登高，就会头晕。请尊重我的头晕。

西坡：我终于明白，朋友是最可怕的东西。忠于朋友就是愚蠢。十年前，我被你亲手推进了冰窟窿。我看到你和你的同党们在笑，我看见你们在岸上抄着手笑！——去吧，去走那独木桥吧，胆小鬼！对你来说，这是一个重要的时刻。

苏东坡：对我来说，每个时刻都同样重要。

【苏东坡晃晃悠悠登上了横木。

苏东坡（顽皮地笑）：多么奇怪，我年齿渐老，倒增添了一些勇气，不那么畏高了。

西坡：你总算有了一些进步，这倒大出我的意料！

苏东坡：不瞒你说，我自己也很意外。

【苏东坡走下横木，从黑门下。

西坡：我们动一动小手指头，给老派那些了不起的大人物们安排一个好去处。

大臣一：丞相的意思，南还是北？东还是西？

西坡：当然是南，大庾岭以南。老派诸公都应该受到风雅别致的处置。这一回，我要用水土的美恶较量罪责的轻重。

大臣三：听人说，苏子瞻的命好！

西坡（笑）：且让他到岭南试一试到底好还是不好。他将是被贬谪到岭南的第一人。这是一种特别的尊重。

大臣一:死去的司马光等人怎么办?

西坡:司马光主政,割地于西夏,与胡人苟且媾和,简直就是卖国贼!当年重贬新派,也是他的主谋,单凭这两点,就该开棺鞭尸!

大臣三:遵命,丞相。——(停顿)丞相不怕一时手滑痛快,将来也难逃此劫吗?

西坡:此一时,彼一时!如今老子什么都不怕!那几个令人生厌的苏门学士秦观、黄庭坚之流也要悉数贬谪,一个都不饶恕!——苏子瞻的弟弟苏子由现在在哪儿?

大臣一:已然外放。

西坡:继续贬职!

【内有一个声音:"圣旨下!制曰:端明殿学士兼翰林侍读学士知定州苏轼,行污而丑正,学辟而欺愚,深惟积辜,宜窜远服。特迁苏轼依前左朝奉郎、知英州。钦此!"

【西坡一边听,一边满意地点头。苏东坡上。

苏东坡:臣遵旨!多谢你,老朋友。十年来,我像一头驴一样围着磨盘转,现在,终于可以摘下蒙眼,抬头看看风景了。说到贬谪、流放,甚至坐牢,没有谁比我更有经验了。

西坡:君子成人之美,我一向肯为别人着想。垂暮之年的流放,与壮年时期相比,定会有所不同。

苏东坡:会变得更容易一些。

西坡:炎热的天气也会对你的头疼病大有好处!(突然想起了什么)那支歌儿是怎么唱的?(唱)岭南好猪肉,价钱贱如土。富者不肯吃,贫者不解煮……

【西坡下。朝云与两个女仆上。两个女仆抱着包裹。

两个女仆:老爷……

苏东坡:走吧,都走吧。岭南之地九死一生,你们不必跟着我受这份罪。

两个女仆:多谢老爷!

【两个女仆欲下。

朝云:站住!你们就这么走了吗?

【两个女仆站住。

朝云:老爷做官的时候,你们谁都不肯走。现在老爷遭了难,你们便急着要离开,你们还有一点良心吗?

两个女仆:是老爷打发我们走的,我们也不想走……

苏东坡:走吧,都走吧,我如今已经自顾不暇,无法给你们一碗饭吃了。

【两个女仆踌躇。朝云背过脸去。

苏东坡:走吧,都走吧。

两个女仆(施礼):老爷,朝云姐姐,你们多保重!

【两个女仆下。朝云开始收拾东西。

苏东坡(笑):刘禹锡诗云,春尽絮飞留不得,随风好去落谁家?说的便是今日情形。(停顿)闰之要是在,不知道会怎么说?

【朝云手脚利落地收拾东西,一言不发。

苏东坡:你越来越像她了。——朝云,你也走吧。

朝云:你说什么?

苏东坡:你也走吧。你还年轻,去寻找别的活路吧。

朝云:我要是闰之大嫂,你就不会这么说。

苏东坡:此番千里南行,怕是要比黄州难过得多。你还是走吧。

朝云:这是我的家。要走,你走。

苏东坡:真是个傻姑娘……

朝云:我确实有些傻。自从来到这个家,我就从来没有想过要离开。

苏东坡:这次不比寻常,你还是走吧。

朝云(爆发):你凭什么赶我走!我是遁儿的娘!

【苏东坡一惊。

苏东坡:遁儿要是在,已经十岁了……

朝云(镇静下来):我什么都不怕。我把这当作另一次远游。当年,在黄州的时候,我还是个小姑娘,都是闰之大嫂照顾你和全家。

苏东坡：闰之走得很是时候，她不必跟着我再度颠沛，也不必再次烧书了……

【苏东坡头疼病发作，痛苦地以手按头。朝云拿出"子瞻帽"，给苏东坡戴上。

朝云：这顶帽子是闰之大嫂亲手缝制的。

苏东坡：亏你还留着它。（停顿，倾听）朝云，你听到什么了吗？我好像看到了你的两位大嫂，王弗和闰之，还有遁儿。

朝云：我没有见过王弗大嫂，我从你的词里认识了她。十年生死两茫茫……但愿我死之后，你也能为我写点什么。

苏东坡：又说胡话，你怎么会死在我的前头。

朝云：我每天都能看到遁儿。他真好，永远是个小孩儿，永远对着我笑。——你的头疼好些了吗？

苏东坡：这病是好不了了。我的脑袋里像是扎进了一根永远拔不出的刺。这根刺忽隐忽现，把我分裂成了两个人。（半晌）年轻的时候，相士说我长了"一双学士眼，半个配军头"。看来不错。（停顿）前些天我见到了我的老朋友。他的样子像是着火了。他指责我的时候，我竟无言以对。

朝云：当年若是……

苏东坡（摇头）：没有什么"若是"。我们这些可怜的人,全都身处漩涡之中,难以自持……当年到底发生了什么?我自己也莫名其糊涂……

朝云:大人们的事我不懂。我开始向往岭南了。闰之大嫂说,在黄州是她一辈子最快乐的时候,那个时候,你离家人最近。现在我有点明白她的意思了。我去收拾东西了。

【朝云下。

苏东坡(喃喃自语):十年生死两茫茫,不思量,自难忘。千里孤坟,无处话凄凉。纵使相逢应不识,尘满面,鬓如霜。夜来幽梦忽还乡,小轩窗,正梳妆。相顾无言,惟有泪千行。料得年年肠断处,明月夜,短松冈……

【英和尚上。

苏东坡:老和尚,我有一事困惑不解,请赐教。观音菩萨手拿佛珠,嘴里念念有词,她在说些什么?

英和尚:她在祷告。

苏东坡:向谁祷告?

英和尚:向她自己。

苏东坡:她自己便是佛,为什么还要向自己祷告?

英和尚:因为,求人不如求己。

苏东坡(大笑):多谢老和尚开示!电眸虎齿霹雳舌,为余吹散千峰云!

【暗转。老仆拉车上。苏东坡、朝云在舞台上默默行走。

苏东坡：这是一条老路，像是昨天刚刚走过。

【西坡从舞台左侧上。

西坡：人生当着几两屐？能穿几双鞋？要是想多穿几双鞋，就得多走一些路！走得更远一些！

【内传出一个声音："圣旨下！左朝奉郎新差知英州苏轼，罪大责轻，降左承议郎知英州，钦此！"

苏东坡：臣苏轼遵旨！

【内传出一个声音："圣旨下！左承议郎苏轼指斥宗庙，罪大罚轻，特追责授宁远军节度副使，惠州安置，不得签署公事。钦此！"

苏东坡：臣苏轼遵旨！——好啊，惠州！

【苏东坡一行掉转回头，继续走路。一只鸿雁鸣叫着从天空飞过。苏东坡驻足目送飞鸿。

苏东坡：人生到处知何似？应似飞鸿踏雪泥。泥上偶然留指爪，鸿飞那复计东西。

西坡：好诗！在你得意的这些年，你的诗文没有一句发自肺腑。

苏东坡：不错。在朝这些年，我写的多是昭告文字，最得意、最痛快的，却是各种贬谪文字。想来真是荒唐！

西坡：当年在御史台监狱，你曾几番想要自杀，如今有没有这个打算?

　　苏东坡:我刚刚还有这个想法。

　　西坡:为什么没有一了百了呢?

　　苏东坡:因为我突然想到了一件事,我要是死了,你该高兴得发狂了。我之所以不自杀,实在是不想听你的狂笑。

　　西坡(狂笑):好,好! 好好活着!

　　苏东坡:谢丞相。

　　西坡:诗穷而后工。继续在大地上游荡吧,继续你的平平仄仄平平仄吧,继续烹制你那些脍炙人口的"东坡汤"吧,我看好你!

　　【西坡下。苏东坡、朝云、老仆一行人继续在舞台上默默行走。

　　【灯光渐暗。

——幕落

第五场

【帷幕前。西坡和大臣一、大臣三从舞台左侧上。

大臣一:启禀丞相,大辽国派使节来为西夏说项,提出劝和条件,要求我们把攻占西夏的领土归还西夏,同时还派出大军驻扎边境,向我施压。

西坡:这是讹诈!断不能答应。我们力主变法,就是为了富国强兵,抵御外辱。如今我们兵精粮足,并不怕他。

大臣一:是,丞相。

西坡(停顿):那些南飞的老雁有什么消息?

大臣三:他们往来酬唱,很是得意。秦观秦少游说:"南土四时都热,愁人日夜俱长,安得此心如石,一时忘了家乡。"黄鲁直云:"老色日上面,欢情日去心。今既不如昔,后当不如今。"苏子瞻每日追和陶渊明的诗,黄鲁直恭维他是饱吃惠州饭,细和渊明诗。

西坡:我喜欢这样的诗,很有真情实感!——对这些自鸣得意的家伙,都要择机再加贬谪,以儆效尤。

大臣一、大臣三:遵命,丞相!

【大臣一、大臣三下。

【苏东坡头戴"子瞻帽",从舞台右侧上。

西坡:苏大人别来无恙?

苏东坡:托你的福,一切安好。

西坡:要是有人问你,岭南滋味如何,你会怎么说?

苏东坡:回丞相的话,岭南风物真是好极了。这是我生平第一次见到甘蔗、荔枝、香蕉和槟榔树。要是没有贬谪,我此生恐怕很难来到这里,领略这里的奇景。

西坡:有什么难处?说出来,也许我能帮到你。

苏东坡:难处有的是,或许明天就会遇到,不过我不打算提前发愁。

西坡:真是一条肉烂嘴不烂的好汉。——(讽刺地)春色三分,二分尘土,一分流水。细看来,不是杨花,点点是、离人泪!

【西坡下。英和尚上,看上去疲惫不堪。

苏东坡:老和尚,你怎么走到这儿来了?

英和尚:惠州不在天上,只要肯走路,终归能到。

【幕启。舞台左侧是朝堂,右边是惠州堤坝工地。

工人们在施工。苏东坡、英和尚走入工地。

苏东坡：老和尚，你来得正是时候，这丰湖的堤坝就要竣工了。

英和尚：洒家听说，遭受贬谪的官员，平时言辞谨慎，百事不为，唯恐招祸，更休说涉及官政，你却不然。

苏东坡（悄声）：我不过是暗中促成了这件事。这惠州的丰湖和杭州西湖有不同的好。西湖是一镜大水，丰湖的水却是因地随形，大有曲径通幽之妙。有了这座堤坝，这座木桥，我们惠州人再也不用涉水渡河了。

英和尚：阿弥陀佛，有人是书痴，有人是画痴，有人是石痴，你却别有一痴——"桥痴"！

【工人一站上桥头。

工人一：大桥合龙了！

【工人二敲下大桥上的最后一个木榫。

【众人欢呼。苏东坡走到酒缸前，给工人舀酒。幕后有童子的声音念诵："罗浮山下四时春，卢橘黄梅次第新。日啖荔枝三百颗，不辞长做岭南人。"

工人二：东坡先生，你也喝一碗吧！

工人三：我们要大喝三天！

苏东坡：我虽不善饮，也要和你们一起大醉三天。

英和尚：去年洒家到了大漠以北。那里的人也知道你的诗歌，传说你的酒量很大。洒家说你其实不会喝酒，他们说什么都不肯相信。

　　苏东坡：我怎么不会喝酒？你应该跟他们说，我的酒量的确大得很！座中客满，惟忧白醆之空。身后名轻，但觉一杯之重……

　　英和尚：休要夸口！

　　【内有喊声："东坡先生！不好了！夫人、夫人……"

　　【苏东坡、英和尚急下。

　　【黑场。

　　【灯光亮起。朝云端坐在梳妆镜前。

　　【苏东坡站在朝云身边。英和尚坐在舞台一角打坐念佛。

　　苏东坡：朝云，你好些吗？

　　朝云（站起身，缓缓地旋转、舞蹈）：我很好。我的身体从来没有这么好过。你看，我能跳、能唱，能弹琵琶。

　　苏东坡：你能起来了，我真高兴。

　　朝云：啊，天黑下来了。月亮真漂亮。我第一次见你的时候，也是这样的月亮。天上一个，水里一个。

　　苏东坡：那时候，你才十二岁。你弹着琵琶，乐曲从你的指下流出，琵琶像是你身体的一部分。

　　朝云（笑）：你是说琵琶骨吗？我从小被卖进勾栏，连自己的父母是谁都不知道。跟随你之前，我只是杭州勾栏里一个懵懵懂懂的小姑娘。直到遇到你，我才知道天有多高,云有多美。

苏东坡:这话该我说才对。

朝云:遁儿走了以后,日子过得可真慢啊。时间真是个奇怪的东西,有时走得很快,有时很慢。

苏东坡:我们的新居很快就要建好了。往后,我们就在这新家里好好过日子。

朝云:我已经看到那房子了,满园子的花朵,满园子的阳光!花褪残红青杏小,燕子飞时,绿水人家绕……那些花儿开在阳光里,开在诗里。开在诗里的花儿永远也不会凋谢,永远也不会枯萎……

【朝云身体晃了一下,险些跌倒。

苏东坡(连忙上前搀扶):朝云,你怎么了?

朝云(哆嗦起来):我冷。快把你的手给我,十个太阳也温暖不了我……

英和尚:阿弥陀佛!

苏东坡(悲泣):朝云,为什么病的是你,染上瘴气的是你,不是我这个老东西……

朝云:你的声音像雪花一样冰凉,像是来自世界的尽头。我想念我们的小儿子了。啊,满世界的花都落下了……我就要见到我们的遁儿了……遁儿,娘来了……娘来了……

【朝云死去。

苏东坡(痛楚地大叫):天不亡我,亡我亲人!朝云……美如春园,敏而好义,事我二十三年,忠敬若一……当我第一次看到她的时候,天知道她有多美……朝云,你为什么不能久留,为什么要撇下我一个人孤零零在这世上……

【音乐起,歌舞伎上场舞蹈。舞台后部,朝云上,弹奏琵琶。

苏东坡:玉骨那愁瘴雾,冰肌自有仙风。海仙时遣探芳丛,倒挂绿毛幺凤。素面常嫌粉涴,洗妆不褪唇红。高情已逐晓云空,不与梨花同梦……

【歌舞伎下。静场。

苏东坡:可怜的朝云,你这《诗经》里的小姑娘,造物的杰作,老夫何德何能,劳你一生辛勤,万里随从!(悲泣)天妒红颜苦摧折,金钗零落不成行……

英和尚:阿弥陀佛!先生早年高中,出入庙堂,贬谪边地,人间遭际经历不复算少。三十年功名富贵,转瞬成空!此际直可把这一切一笔勾销,做一个彻底了断!

【苏东坡像是什么都没有听到,仰头将一杯酒喝下。

英和尚(高叫):居士当下正可修桥自度!

苏东坡:不合时宜,唯有朝云能识我;独弹古调,每逢暮雨倍思卿……

英和尚:奈何,奈何!

【黑场。

【灯光亮起。西坡站立舞台左侧,苏东坡站立在舞台中央;英和尚站立在舞台右侧。

苏东坡(抱着琵琶):她们都走了。我的结发妻子王弗、继室王闰之、侍妾朝云。如今她们全都离我而去,只剩下我这个老厌物了。

西坡:我也遭受过同样的痛苦,我的老妻也死于当年贬谪之时。

苏东坡(拨弄琵琶):人,无一不是在桎梏里、枷锁里讨生活。谁又能逃脱得了呢?——自笑平生为口忙,老来事业转荒唐……也许该好好笑一笑,大声笑一笑!(高声大笑)哈哈,哈哈哈……

西坡:真是一只奇怪的鸟,越痛苦叫得越高昂,简直是逆天!

【苏东坡摇晃着走到舞台后部,坐下来。一张纸从空中飘落下来,西坡接住。

西坡:且来看看他又写了些什么。(读)白头萧散满霜风,小阁藤床寄病容。报道先生春睡美,道人轻打五更钟。瞧啊,他过得多么惬意!

苏东坡:我过得的确很美,美极了。我像个行脚僧一样日日游荡,现在连惠州街上的鸡和狗都认识老夫了。

西坡:这样的诗不够分量,一旦过上安逸的生活,你的诗才就打了折扣。听说你在惠州造了一栋房子,准备在那里养老。

苏东坡:不错,我早已不做北回的打算。我就当自己是惠州的一个落魄秀才,累试不第,在故乡盖上几间茅屋,遮风避雨,度此残生……

西坡:贬谪的要义是流窜,不是安稳。惠州吃得如何?

苏东坡:这个我倒可以好好说说。我在这里发现了一种美味:剔剩的羊脊骨。那骨缝儿里面有些微肉,煮到烂熟后慢慢剔,慢慢吃,大有螃蟹风味,真是妙不可言。只是……

西坡:只是什么?

苏东坡:只是这美味是从狗嘴里夺来的,我这么做,只怕众狗们不怎么高兴。(学狗叫)汪汪,汪汪汪汪……

西坡:多么风雅的谈吐!我喜欢这样的苏子瞻。

【幕后传来一个声音:"启禀丞相,惠州建造了一座堤坝!苏轼苏子瞻是幕后主事!"】

西坡:建一堤,贬一回。老夫不会让你失望的。(神经质地查看地图)我们看一看还有什么地方更适合他。——儋州,是的,海南儋州,这个人表字子瞻,这是天意!我还是太仁慈了,竟然早没有想到!——这样的流放和贬谪才富有诗意。他一向胆小如鼠,我倒要看看他过得了海过不了海！还有他那个貌似忠厚的弟弟苏辙苏子由，（继续看地图）雷州，这"雷"字下面有个田，与"由"字仿佛，苏子由可贬雷州；黄庭坚黄鲁直……哈，宜州，这"宜"字与"直"字颇为类似，可贬宜州！（满意地）这样诸位君就各得其所了！

苏东坡：真是绝妙的安排。

西坡：这岂是我的安排？这是老天的安排！

英和尚：冤冤相报何时了！你道他是因，他道你是因。究竟谁是因，春梦了无痕……

西坡（打断英和尚的话）：还有那个不好好念经，与苏轼等人臭味相投、游走于僧俗两界的和尚，居然说什么"江山并作一盘大，洒家不下霸王棋"。谁是霸王？不下谁的棋？他这是公开妄议朝廷、讥讽朝廷。既然他这么热衷于人间俗务，那就成全他，勒令他蓄发还俗！

【两名捕快突上，将英和尚脖子上的念珠粗暴地扯下。

英和尚：阿弥陀佛。勒令还俗，这已经不是第一次了。洒家领受这双倍的侮辱！

【捕快将英和尚推搡下场。

【内有一个声音："圣旨下！宁远军节度副使苏轼，诋毁先帝，变更法度，再加追贬，责授琼州别驾，移送昌化军安置，永不得升迁。钦此！"

苏东坡：我在惠州新盖的房子里只住了三个月，所种瓜果尚未一熟，就要离开了。（摇晃着伏地叩头）臣苏轼领旨……

【暗转。苏东坡带领儿子苏过和老仆上路。车上带上了一口空棺材，老仆和苏过拉着车，缓缓地行进。此时的老仆已经年迈，步履迟缓、蹒跚。

【西坡从舞台左侧上。

西坡：现在你大可以"饱吃儋州饭，细和陶潜诗"了。自古及今，诗人多有拟古之作，还从来没有见过谁追和过古人！苏大人，你尽可以漂洋过海去和诗了！

苏东坡（呵呵笑）：果然是建一堤，贬一回。我垂暮投海，无复生还之望，（拍着棺材）带上这三长两短，心里踏实多了。

【西坡下。

苏过：父亲，我们过海需要多久？

苏东坡：听说要坐一天一夜的船。

苏过：子曰，道不行，乘桴浮于海，说的可是我们今日的情景？

苏东坡（笑）：浮于海是真，有道无道，却是难说，却是一笔大大的糊涂账。

【苏过、老仆拉车下。

【暗转。苏辙上。苏东坡、苏辙二人坐在一个露天饭馆的饭桌前。

苏东坡：子由，我们这辈子聚少离多，想不到竟在这南迁的路上相遇！

苏辙（悲愤地）：他们做谪词，说什么"父子兄弟挟机权变诈，惊愚惑众"，无乃太甚！我兄弟遭受侮辱没有什么，先人何罪！

苏东坡：你我也写过这样的文字，这些浮云一般的字句何必当真。（喟叹）当年我们不分青红皂白攻击新派，以为正邪不两立，也是错处。

苏辙：日子一忽儿就过去了。我时时记起小时候的事。父亲给哥哥取名轼，为我取名辙，轼、辙都与车有关又都无甚用，父亲实希望我们长大能够免祸。看到今日情景，不知父亲会怎么说？

苏东坡：父亲何尝不知，宦海无情，实则无人能够免祸。

苏辙：我们年少时勤勉读书，以期日后明辨是非，做忠君爱国、为民请命的良臣，现在想来，朝廷需要的却是这种人的反面，是三旨相公：圣旨下、领圣旨、已得圣旨。

苏东坡（笑）：子由平素劝我谨言慎行，如今的牢骚语却一点不比我少。

苏辙：不瞒哥哥说，我近来常感幻灭，觉得一切都毫无意义。

苏东坡：怪不得你近来文字里多悲切之语，不似往常恬淡。我也是近来才有所悟,立德立功立言三立之中,立言也许是最要紧的事。日新一词,总能有补于世道人心。作诗著文,断不能顾影自怜、怨天尤人,因为一己之困顿,便使身边的一切蒙上污垢。

苏辙:哥哥见教的是。

苏东坡(看着苏辙一点一点咀嚼):子由,这样粗劣的汤饼,你还打算细嚼慢咽吗?

苏辙(半晌):哥哥瘦了。

苏东坡:你也瘦了。(突然失笑)如此下去,再见面时我们就是两个瘦仙,可以一同骑鹤回家了。

苏辙(嚼完最后一口汤饼,慢慢掏出一个钱袋,交给苏东坡):老天保佑我们兄弟同迁同归。子由与哥哥就此别过。

【苏辙缓下。

苏东坡:我屡遭贬谪,一家老小端赖子由照顾……这一别,不知此生还能否相见……子由,吾愿与君世世代代为兄弟……(哽咽)嗳嗳,不饮因何醉兀兀,归心已逐鞍先发……

【灯光渐暗。

——幕落

第六场

【帷幕前。苏东坡头戴斗笠,身披蓑衣,站在舞台右侧,西坡站在舞台的左侧。

苏东坡:这里是天涯海角,世界的尽头。从都城汴京到这里,鸟飞犹须半年程。它既像是孤悬在陆地之外,又像是在守卫着陆地。这茫茫苍苍、时而狂暴、时而温柔的水!这了不起的大水泡,了不起的大水滴!我处身这大水泡之中,家人、友朋全无消息……我此生还能离开这座孤岛吗……(停顿)诶,天地又何尝不在积水之中?九州又何尝不在大海之中?又有谁不生活在孤岛之上?

西坡:苏大人在儋州过得如何?命运让我们互相惦念。

苏东坡:我这辈子总是犯错,仅凭道听途说就认为这里是虎狼之地。事实上，这里好得很。在这儿，我得到了双倍的好日子。

西坡：怎么说？

苏东坡：无事此静坐，一日似两日。若活七十岁，便是百四十。

西坡：我欣赏你这种自宽的态度。可照我看来，你虽然活着，却只活着一半。你现在住在哪里？

苏东坡：多亏当地朋友关照，暂且栖身于儋州官舍。

西坡：一个朝廷罪臣，住在官舍，成何体统？！

【西坡下。

【内传出一个粗暴的声音："苏轼是朝廷罪臣，怎么可以住在官舍，快，赶了出去！"

【几个衙役推搡苏过上，把杂乱物什扔了一地，之后连同苏东坡一起推搡下场。

【内传出苏东坡的声音："如今破茅屋，一夕或三迁，风雨睡不知，黄叶满枕前……"

【幕启。儋州的学生和邻居们正在帮助苏东坡建造房子，工程已经完工。苏东坡上。

苏东坡（看着新落成的茅草屋）：这下，我这只老鸟，终于有一个属于自己的窝了。（拱手施礼）有劳各位帮忙！在下感激不尽！

众人：苏先生不必客气！

【众下。

苏东坡：这是儋州的邻居和弟子们用桄榔树为我新建成的豪宅，我叫它"桄榔庵"。朝阳入北户，竹树散疏影，溪山好处便为家。好！真是出人意料的好。

【苏过上。

苏过：父亲，西坡那厮欺人太甚！

苏东坡：不怪他。他这是在成全我。到了这里我才知道，我原本就是海南人，只不过生在了巴蜀而已。

苏过（兀自愤愤）：叔父一家在雷州，也被他们欺负！

【苏东坡不语。

苏过：叔父租房居住，他们非说是强夺民居，把叔父一家赶到了大街上！

苏东坡：真是岂有此理！（停顿）好在天无绝人之路。——谁又能把谁真正赶出家门呢？

【苏过下。苏东坡拄杖行走。

苏东坡（吟咏）：半醒半醉问诸黎，竹刺藤梢步步迷。但寻牛矢觅归路，家在牛栏西复西……

【春梦婆上。

春梦婆：苏翰林好！

苏东坡：老嫂子好！

春梦婆：我们这地方，比京城如何？

苏东坡:都好。各有各的好!

春梦婆:我可不信。自然是京城好!——要我老婆子说,翰林大人昔日荣华富贵,不过是一场春梦!

苏东坡(笑):不错,端的是一场春梦!老嫂子,你这个话说得妙,从今以后,我要叫你春梦婆了!

春梦婆:叫不叫在你,应不应在我!

苏东坡(戏谑地):老嫂子,你觉得苏子瞻此人如何?

春梦婆:别的都好,就是太爱吟诗。嘴里整天叨叨咕咕,真不如嚼几根槟榔快活!

苏东坡(大笑):春梦婆见教的是!

【天突然下起雨来。春梦婆递给苏东坡一个斗笠,苏东坡随手戴上。音乐起。当地黎民,有男有女,笑闹上场。苏东坡伴着节拍,踏着黎族舞蹈的节奏,与众人在雨中起舞。

苏东坡(大叫):有所思,乃在大海南!这海南,这儋州,真是我的家!他年谁作舆地志,海南万里真吾乡!

【黑场。

【灯光亮起。几位弟子坐在"桄榔庵"前摇头晃脑背书。另外几个人忙着烧制墨块。

众弟子:季康子问政于孔子曰:"如杀无道,以就有道,何如?"孔子对曰:"子为政,焉用杀?子欲善而民善矣。君子之德风,小人之德草,草上之风,必偃……

苏东坡:念得好。

弟子一:念得再好,也不是每个人都能考中,考不中岂不是白白浪费工夫?

弟子二:先生,我们这里还没有考中过一个举人。

苏东坡:说说看,你们读书都是为了什么?

弟子一:我读书就是为了做官,就是为了离开这个该死的地方。即使……

苏东坡:随便说吧,亦各言其志也已矣。

弟子一:即使将来遭受贬谪,也要先取得被贬谪的资格才行。

苏东坡:当你尝到了其中的滋味,大概就不会这么说了。

弟子二:先生,读书不为做官还能为什么呢?

苏东坡:读书的好处有多种,一个读书人,不必仕,也不必不仕。我告诉你们一个秘密。我一生最高兴的时候,是执笔为文之时,心中错综复杂的情思,下笔皆可畅达,那可真是人生至乐,这种快乐,便是读书写文章最好的报酬……

【一个弟子捧着墨块跑过来。

弟子三(兴奋地):先生先生!墨!成了,成了!

苏东坡(接过墨块,仔细端详):从今以后,咱们再也不愁无墨可用了。——你们说,这世上,究竟是人磨墨还是墨磨人?

弟子一:人磨墨,墨亦磨人。

弟子二:岂止人磨墨,更多墨磨人。

弟子四:案头岂止人磨墨,世上更多墨磨人。

弟子三(举着被墨染黑的手):人磨墨时一手黑,墨磨人处两鬓斑!

苏东坡(笑):好得很!好得很!沧海何曾断地脉,白袍端合破天荒!等到你们金榜题名、破了天荒的那一天,我会把这首诗补全,当作贺礼送给你们。

众弟子(齐声):多谢先生!先生贬谪至此,是你本人之大不幸,却是我辈小子之大幸。

苏东坡:你们什么时候学会了说这些虚言妄语?我这一生,屡遭贬谪,百无一用,在这天涯海角,能得到你们这些一心向学的弟子,实在是我的福气。我应该感谢你们才对。

【苏东坡向弟子们鞠躬施礼。众弟子慌忙鞠躬还礼。

【黑场。

【灯光亮起。苏东坡站在舞台左侧,向着东方闭眼默祷,偶尔做吞咽动作。叮咚的滴水声清晰可闻。

【西坡从舞台右侧上。

西坡：你瘦了，瘦成了半个苏子瞻。

【苏东坡不说话，连续做吞咽动作。

西坡：你的气色不大好。我听说儋州米贵，你们一家常有绝粮之忧。

苏东坡：不错，我常常饿肚子。所幸我学会了一种"龟息法"，可以"食气辟谷"。

西坡：怎样一个"龟息法"？

苏东坡：我每天黎明即起，引吭东望，吸初日之光芒吞之、咽之，遂不复饥。长此以往，还可以强身健体，益寿延年。丞相不妨一试。

西坡：端的是好办法！"六无"居士又是怎么一回事？

苏东坡：这里食无肉，病无药，居无室，出无友，冬无碳，夏无寒泉，我就是这么个"六无"居士。——不过，没有医生，没有药品并不是什么坏事。一想到京城每年有无数人死在医生和假药的手里，我就觉得很是庆幸。

西坡：你在黄州烧制东坡肉，在惠州跟狗争骨头，儋州又有什么值得一提的东西？

苏东坡：这里有一种海物，名叫蚝，肉质鲜嫩肥美，是一种极好吃的东西。可蒸、可煮、可煎、可炸，食后余香满口，通体舒泰。(故意压低声音)丞相切勿让京城里的各位大人知道，否则他们都要争着贬谪，来我大海南享受这上等的美味了……我怀疑把这里当作贬谪之地是一个恶作剧家的阴谋……

【内有一声音响起:"大人,太后宣大人速速进宫!"

西坡:慢慢享用你的蚝肉吧。祝你胃口好!

【苏东坡默默捡起地上竹竿做的手杖。

苏东坡:东行策杖寻黎老,打狗惊鸡似病疯……

【内传出一个声音:"皇上驾崩了!"西坡大放悲声:"皇上!皇上……"

【静场。舞台东侧灯光亮起。皇太后坐在帘幕后面,只闻其声,不见其人。西坡、大臣一、大臣三等跪地。

皇太后:先帝驾崩,没有太子。你们说,先帝诸弟之中谁可继位?

大臣一:太后,众议可立端王赵佶。

皇太后:哀家也正有此意。

西坡:启禀太后,依礼律应立先帝母弟简王!

皇太后(环顾大臣):你们怎么看?

大臣三:皇太后圣谕甚是,应立端王。

西坡:大国之君必有威仪。端王轻薄,平素吟诗作画,踢球蹴鞠,断不可君天下!

众大臣:大胆!你竟敢拂太后之意!

西坡(厉声):兹事体大,不得不争!若依年庚,应立申王!依礼律应立先帝母弟简王!

皇太后:我们赵家的事,横不能由你说了算!

【皇太后怒下。众大臣随下。

西坡:太后!

【黑场。一个声音传来:"皇帝登大位,臣等谨上御宝!"众人高呼:"吾皇万岁万岁万万岁!"

【灯光亮起。宋徽宗赵佶手持鞠球上。宋徽宗一脚将鞠球踢向后台。有人喊:"中了,中了!皇上圣明!"宋徽宗在龙椅上坐下。

宋徽宗:众卿平身。——老丞相何在?

西坡:臣在。

宋徽宗:老丞相在朝多年,功高盖世,应多加封赏。

西坡:谢陛下恩典!

【静场。

大臣一(突然厉声发难):陛下,西坡在朝中独相首尾七年,排斥异己,祸国殃民,无所不用其极!

大臣八:西坡言语轻薄,遍辱同列,全无大臣之体!宜重加贬谪!

西坡:你,你们!陛下……

宋徽宗(轻轻打断西坡):老丞相,让他们把话说完。

大臣一:陛下,老贼西坡赋性阴邪,一手遮天,朝野上下无不痛恨!

大臣三：陛下，西坡妄自尊大，从来没有把圣上放在眼里，若贷而不诛，则恐天下大义不明，大法不立。

宋徽宗：老丞相这些年没有功劳也有苦劳，你们可为他安排一个好的去处。

大臣一：启禀圣上，几年前，西坡老贼将苏轼苏子瞻贬至海南儋州，他去那里再好不过！

宋徽宗：老丞相年纪大了。

大臣三：圣上，苏轼之弟苏辙被西坡老贼贬至岭南雷州，微臣以为，他去那里十分合适。

宋徽宗：准奏。

【宋徽宗率众臣下。舞台上只剩下西坡、大臣一、大臣三。西坡手指着两人浑身颤抖说不出话。

大臣一：西坡兄，这是练的什么功夫？

大臣三：别那么生气，对身体不好。保重！

【大臣一、大臣三下。

西坡：这尔虞我诈的世界！每一时、每一刻都会诞生一个阴险狡诈的卑鄙小人！

【西坡将官帽扔在地上，从黑门下。

【内传出一个声音："圣旨下！尚书左仆射兼门下侍郎西坡，依势作威，法所不赦，阴携仇怨，妄肆中伤。国有常典，宜即严诛。尚示宽恩，俾之远窜。迁为岭南雷州司户参军，钦此！"

【西坡上。他的身后,一个老仆拉着车。一家人默默从舞台上走过。

【苏东坡从舞台右侧上。

苏东坡:归来归来兮,西坡不可以久留。(环顾周围)这四时不谢之花,这奇异的、大叶的植物!我多么愚笨!直到老眼昏花,才真正领略到一点世界的美!我要是能早些领悟,就能用跑调的嗓音,唱更多的歌……日出而作,日入而息,帝力于我何有哉……

【内有一个声音传出:"新君登基,大赦天下!琼州别驾苏轼迁舒州团练副使,永州安置!"

苏东坡(停住脚,伫立多时,缓缓伏地叩头)臣苏轼遵旨……

【苏东坡脱下鞋,箕踞在地上。苏过急上。

苏过:父亲父亲!我们终于可以回中原,可以回家了!

苏东坡:家?(举起一只草鞋,神思恍惚)这儿就是家。(停顿)想不到我这个老东西还有北归的一天。而我的那位老朋友,七十高龄却遭到贬谪,想来不胜唏嘘。

苏过:天道轮回,报应不爽!他是作孽太多,罪有应得!

苏东坡:我比你更了解他。他确有治国之才,主政这些年,择善保留,并没有尽废老派之法,他在西北用兵,平定吐蕃,威震大辽,迫使西夏称臣,这些,别人当政未必做得到。

苏过:那又怎么样?父亲,你的一生全都毁在了他的手里!

苏东坡:一个人只能毁在自己手里,岂能怪罪别人。我的老朋友清正坦荡,从不徇私,甚至刻意堵塞几个儿子的仕途,比起那些不择手段,一心谋求功名利禄的人,好过千倍万倍。

苏过:父亲,他害你多年流离失所,你还为他说话!

苏东坡:是我害了他,也未可知。——七年远谪,九死南荒吾不悔,兹游奇绝冠平生。这几年,我孤悬海外,终于了得《易传》《书传》《论语说》三书,这是老天对我的眷顾!(停顿)过儿,只是苦了你,连累你跟着我颠沛流离。

苏过:父亲,要我说,这一切都是命中注定。

苏东坡:怎么呢?

苏过:祖父给你和叔父取名"轼""辙",名字里都有个"车"字。你为我们这辈兄弟取名迈、迨、过、遁,里面都有一个"走之",注定这辈子要不停地奔走!

苏东坡(大笑):倒也不失为一说!

【暗转。苏东坡与苏过、老仆一行走在路上;西坡和老仆拉车沿相反的方向行走。

苏过：父亲，人们都传说，朝廷将起用你为相，你会去吗？

苏东坡：我若复起，那真可谓"天将降大任于斯人也"了！——我今年六十有六，早已打消了复起的念头。万一有起复之命，也会坚辞。

【黑场。

【一个声音："快走！我们这个小地方容不下你这种大人物！"

【灯光亮起。西坡上。

西坡（愤怒地）：这是怎么回事！

声音：问问你自己吧！以前苏辙大人贬谪至此，租我家房子居住，我们险些被你的爪牙弄得家破人亡。现在你竟来租这房子，做梦！

西坡：真是势利小人！岂有此理！

【苏东坡上。

苏东坡：歇歇脚吧。

西坡：前不着村，后不着店，如何歇？

苏东坡：天下没有歇不得处，何必执着？

西坡：居然是你。

苏东坡：苏子瞻给丞相请安。

西坡：不要装相了。笑吧，大声笑出来吧！

苏东坡：我的确想笑，我们都应该大笑一场！西坡兄作相七年，兄弟流放七年，首尾相始终，如今，你自己居然也走在贬谪的路上。你我二人在这世上轮转如风车,可不大笑乎!

西坡:我听说你已经死了,想不到仍然游戏人间。

苏东坡:差不多已经死了。可在黄泉路上遇见了你,我就又回来了。

西坡:这个笑话并不好笑。你能从儋州活着回来,也算是一条铁汉。你可曾想过,你为什么会有如此命运?

苏东坡:我良心上确有一副重担。当年与你交恶,是我心中的至痛。我们本该是一生的朋友。我们从青年走到老年,像疯子一样重复着荒唐的争斗和倾轧。

西坡:多少年,我从梦中醒来,仍然不相信那是真的。我心里有一个恶魔,你唤醒了它。我至今有一事不明,当年苏子由等人弹劾我,你一言不发到底是因为什么?

苏东坡:头疼病犯了。

西坡:后来你又突然发言,大肆攻击我,下狠手贬谪新党,又是因为什么?

苏东坡:头疼病又犯了一回。

西坡:你的病不在头,在心。

苏东坡:你又何尝不病?我得的是寒病,你得的却是热病,两者是同一回事。

西坡：老夫一向顽健，没你那么脆弱。

苏东坡：我们都是病人。你只是病而不自知。岭南风土恶劣，我这里有一个养生药方奉送兄长，还望吾兄珍重。

【苏东坡掏出药方恭敬地递给西坡，西坡不接。

西坡：我用不着你来同情。我早知道终究会有这么一天。流放、贬谪是你我的宿命。

苏东坡：在这宦海之中，你我都不过是一只蝼蚁。那些陈年恩怨，我早已置之度外，不再挂怀。如今，我上可陪玉皇大帝，下可陪乞丐流民，眼前见天下无一不是好人，对你也一样，升迁的路和贬谪的路是一样的……

西坡：留着你这些可笑的"东坡汤"给别人喝吧。我可用不着。——（上下打量苏东坡）你老了，老得不成样子了！

苏东坡：谁又能不老呢？杜子美诗云："与子成二老，来往亦风流。"（施礼）苏轼与兄长就此别过。

西坡（突然想起了什么，大声地）：你应该在儋州、在大海上建一座堤、修一座桥！这样你的一生就更其圆满了！

苏东坡：你焉知我没有修呢？

【苏东坡下。

【西坡在一块石头上坐下。英和尚上。此时的英和尚蓄起了长发，须发斑白。英和尚在西坡不远处坐下。

西坡：老人家要到何处去？

英和尚：原本要到海上见一个人，走到这里，走不动了。

西坡：老人家要去海上见什么人？

英和尚：东坡居士。

西坡（冷笑）：东坡居士？见他做什么？

英和尚：求一字墨宝，终身藏之。

西坡：真是轻千里，重一字。你为什么如此关心一个朝廷贬官？

英和尚：他是我的朋友，一个天性纯良的人。

西坡：他不过是一只哗众取宠的鸟。

英和尚：一只与众不同的鸟。这些年，从黄州到惠州，从惠州到儋州，他一日困似一日，笔力却愈加豪放，诗笔所及，如一束光，照得风月俱新，真可为山川河流增辉。他永远能把悲戚转化为笑。

西坡（提高了声音）：他不过是一个戴高帽子的头疼病患者，一个忘恩负义的投机分子。

英和尚：我们说的恐怕不是同一个人。我的这位朋友，与人交接，全无机心，真如同赤子一般。

西坡：那只是你的看法。你认为西坡此人如何？

英和尚：老朽并不认识什么西坡。

西坡：老夫便是西坡！

英和尚（看了西坡一眼）：西坡先生奇伟绝世，真是一代异人。

西坡：为什么这么说？

英和尚：阁下当政七年，勇于任事，也勇于害人。是你把老朽弄成眼下这个样子的。老朽要是不留起头发，就得掉脑袋。

西坡：原来你就是那个六根不净的假和尚！令你还俗是我做过的最正确的事情之一。

英和尚：是非风中过，心性事上磨。有发无发，对老朽来说并无分别。你一点也不懂得恕道和慈悲。几十年来，新派、老派轮番上场，国家一点变化也没有，百姓苍生依然光着脚走路，你们应该为此感到羞愧。

西坡：真是一个假痴不癫的老疯子！

【西坡下。

【黑场。

【灯光亮起。一间草房内，苏东坡挣扎着从床上坐起来。苏过跪在床边。英和尚在舞台一角打坐默祷。

苏过：父亲，你好些了吗？

苏东坡：如今终于从罗网里逃脱，我却走不动了。我的气力耗尽了。我梦见了老家眉山。青山点点，荷塘处处，满城都是香气……

苏过(哽咽):父亲,等你身体好起来,我们就回眉山……

苏东坡:我是回不去了……万里岭海不死,如今得回中原,反有不起之忧,这不是命又是什么呢?

苏过(哭泣):父亲……

苏东坡:哭个什么?我年近古稀,对死亡这件事已经等了很久,即使不能喜乐受之,也应平静接受才是。

苏过:是,父亲……

英和尚:东坡居士此时要想着西方!

苏东坡:西天也许有,空想前往,又有何用?勉强去想就错了……

英和尚:东坡居士向西方着力!

苏东坡:……我在……尽力,可是没有什么地方可以着力……死亡并不可怕,可怕的是,死到临头,我对人间万事万物仍一无所知……(停顿)不过,有一件事很美,我的头疼病全然好了,我的头一点也不疼了……真是大好!(突然拼尽气力,挣扎着坐起,呵呵大笑)此生端的如何?——心似已灰之木,身如不系之舟。问汝平生功业?——黄州——惠州——儋州!

【苏东坡死去。

英和尚(高声):东坡居士升天作佛!

【苏辙、西坡上。英和尚坐在蒲团上敲打木鱼。

苏辙（撕心裂肺地）：哥哥！……哥哥去了，我竟没能见上哥哥最后一面……我从小跟随哥哥，抚我则兄，诲我则师，手足之爱，平生一人……哥哥的大半生，不是在贬谪中，就是在贬谪的路上，哥哥死后连做终老之地的一抔土都没有，识与不识，谁不哀伤……哥哥，这漫天飞舞的句子，便是你的精魂，你这诗人的冠冕，全由荆棘织成……

西坡：他死了……他怎么就死了呢？你为什么要死！凭什么要死！别人之口宣布的贬谪和流放对我来说轻于鸿毛，我等待的是你的报复，等待的是苏东坡式的报复！我倒要看看他究竟是怎么一个人！啊，我的等待落空了！你死了，我活着还有什么意思？世事一场大梦，人生几度秋凉……

【西坡一阵大笑，而后放声大哭。

【灯光渐暗。

——幕落

第七场

【帷幕前。两名衙役押一名刻工上。衙役用棍棒打刻工。

衙役一:快!快走!

刻工(躲闪求饶):大人,大人!

衙役一:树立以苏东坡为首的"奸党"碑,是当今圣上的旨意。你不顺从就是抗旨不遵!就是找死!

刻工:大人饶命!人们都说苏东坡是好人,是天上的文曲星……

衙役二:这是皇差,是皇上赏你饭吃!别不识抬举!

刻工:刻这样的碑会遭报应的!二位大人行行好,放我回去吧!

衙役一:少废话,快去干活!

【衙役驱赶刻工下。敲击石头的声音响起。
【英和尚披头散发上。

英和尚：一代人故去了。东坡与西坡，一个死于北归途中，一个死于岭南贬所。（停顿）东坡居士在儋州的弟子，有两名高中了举人和进士。这可真是"破天荒"的事，还有什么比这更能告慰他在天之灵的呢？

【英和尚下。幕启。舞台上空空荡荡。在敲击声中，苏东坡和西坡从黑暗中慢慢坐起。

苏东坡：盖棺论定是一句谎话，像我们这样的人，死后都不得安宁。

西坡：一切都还没完。争斗永远也不会结束！

【敲击声停止。"元祐党人碑"从舞台后方缓缓竖立起来。

西坡（起身大笑）：瞧啊，"元祐党人碑"树立起来了！我的继任者们做了我想做没有做到的事。——这是以苏东坡为首的三百零九人的名单。这些人都是奸党，他们和他们的子孙永远不得为官。当年，我的名单上只有七十几人，如今他们的名单上竟有三百多人，凡是异己分子，不管新派老派，全都在这个名单上！老夫真是自愧弗如！

苏东坡：好一座党人碑！当我们谈论石碑的时候，我们在谈论什么？石碑在野，历历可睹，既正且方,或荣或辱……

西坡:你永远这么絮叨,黄土也堵不住你的嘴!

【苏东坡围着石碑舞蹈起来。

西坡:好好看看它,它是为你和你周围的好人们专门树立的。瞧啊,你的名字在这儿,恭喜你,排名很靠前……

苏东坡(边跳边说):这上面没有我的名字,又全是我的名字,因为我是无名氏!我喜欢石碑,很有喜感。来啊,一起跳吧,这是一种石碑舞。我们像疯子一样度过了一生。我们的舞跳得太少了,歌儿也唱得太少了。

西坡(抚摸着石碑):我喜欢这石碑。这是一个别样的纪念碑,它记录的是耻辱者的名字,打击的是对手的姓氏和子孙。——啊,石碑在野,既方且黑,百世之后,无泪可挥……我对我所做的一切并不后悔,说到底,我们都是好斗的动物,争斗是我们的天性……

【突然,一声雷响,"元祐党人碑"遭到雷击,破而为二。

西坡(大怒):见鬼!见鬼!这是怎么回事?啊,啊,老夫多年的经营毁于一旦!

苏东坡(拊掌大笑):真是再好不过!这雷劈倒的不只是我的耻辱,也是你的耻辱,是我们所有人的耻辱。(又一声大雷)啊,我喜欢这雷声!这砰砰轰轰、磊磊落落的大雷,这应时而开的天地之鼓,给世间带来了多少新意……

西坡(神经质地大叫):该死!该死!在这个残酷的游戏里,我们都是蠢货!到头来全都是一场空!

苏东坡:别那么激动吧,我们已经死了。(大笑)关于人生,我们说得实在够多了,真应该学会适时闭嘴!

西坡:该死!该死!

【音乐起。舞台后部灯光渐亮,舞台上出现东坡雪堂。王闰之、朝云、陈季常、陈夫人、农人一、泼皮等众人上。

苏东坡:我们是在这里参加一个游戏吗?我们是在这里表演一出戏吗?这既是一出悲剧,也是一出荒诞剧。——我死之后,似乎比活着的时候更多地被人提及。如此看来,谁又能说得清生与死的界限?啊,我又看到黄州,看到东坡雪堂了。那个时候,我们这些人在一起平等相处,熙熙而乐。我真想再唱上一曲,跳上一曲。那是我一生中最焦虑,也最快乐的日子。

【音乐起。朝云上。朝云行走着弹奏琵琶。众人跳起了滑稽、狂放的舞蹈。

苏东坡(招呼西坡):来吧,一起来唱吧、跳吧。

【王闰之、陈夫人拉着西坡进入舞蹈队伍。西坡勉强起舞,慢慢高兴起来。

众人(边跳边唱):

黄州好猪肉,嘿嘿!
价贱如粪土。嘿嘿!
富者不肯吃,嘿嘿!
贫者不解煮。
慢着火,少着水,火候足时它自美。嘿嘿!
火候足时它自美!
每日起来打一碗,嘿嘿!
饱得自家君莫管,嘿嘿!
饱得自家君莫管,嘿嘿君莫管……

【几个衙役突然上场,舞动棍棒驱赶人群。

衙役一:谁让你们在这儿聚众胡闹?简直没有王法!

衙役二:滚!滚!滚!全都滚!

【衙役和众人互殴,打成一团,场面一片混乱。

西坡:我讨厌这一切。这世上的一切都没有变,我们根本不值得再活一次!

苏东坡:也许你是对的。我们已经死过一次,不妨再死一次。我们帮彼此最后一个忙吧。

西坡：来呀，出手吧，赶快结束这该死的一切！

【苏东坡、西坡互相以指为剑，刺中对方，两个人同时倒地。

【幕后传来沉稳有力的心跳声："扑通、扑通"……

苏东坡：我听到了大地的心跳。活着的人什么都不懂，死去的人也一样。如果有来生，我愿意做一个诗人，一个画家，一个行脚僧，一个农夫。我愿意歌唱石头的沉默和花叶的自开自落。……回首向来萧瑟处，前尘往事断肠诗……我终其一生也未能明白，究竟是生活更真实，还是诗句更真实……

【苏东坡、西坡随着布景慢慢旋转、消失。

【断裂的石碑突然"砰"的一声再次崩裂，碎石散落了一地。

——幕落（全剧完）